Pie forzado

Pie forzado

María Lorena Leigh López

furtiva
EDITORIAL

1a edición: diciembre 2019

Editorial Furtiva
Sello Factoría
https://editorialfurtiva.wordpress.com/

ISBN: 978-956-9312-13-7

© Registro de Propiedad Intelectual
Nº de inscripción A-310443

Fotografía Portada: © Lorena Leigh
Editora: Daniela Roitstein

IMPRESO EN CHILE / PRINTED IN CHILE
en los talleres gráficos de Romance&Letras
Santiago (Chile)

A Tony Adams por su incansable apoyo.

A los escritores que me han guiado: Mireya Redondo,
Pablo Simonetti, Jorge Baradit, Jaime Collyer, Carla
Guelfenbein, Andrea Jeftanovic, Gonzalo Contreras,
Alejandra Costamagna, Mike Wilson, Álvaro Bisama,
Patricio Jara, María José Viera Gallo, Natalia Berbelagua,
por todos los consejos y las tiradas de oreja.

Y por supuesto, a todos los compañeros de taller
que los años de escritura me han regalado, sin cuyas
apreciaciones y comentarios este libro sería ilegible.

ÍNDICE FORZADO

*3 Fotografía de Henri Cartier-Bresson.

*20 Pintura «*Le déjeuner sur l'herbe*», de Claude Monet, exhibido en el Museo d'Orsay, de París.

M. Lorena Leigh López

ALGUIEN

Arrepentida de haberme subido, pienso en bajarme de la micro y en que, con suerte, la siguiente venga más vacía. Pero en ese momento alguien me empuja y mi tarjeta de transporte queda a distancia suficiente para activar el sensor de cobro. Escucho el bip, sin alcanzar a ver cuál es el saldo disponible en la pantalla. Y no es que me importe demasiado cuántos viajes más podría realizar, es solo que prefiero mantener las cosas bajo control. De cualquier modo, no la necesito para el tramo de regreso pues esta vez lo haré manejando. De hecho, me dirijo a retirar mi auto del taller mecánico porque el problema con el aire acondicionado se supone ya ha quedado resuelto.

Traspaso entonces el incómodo torniquete de la micro y mi bolso se queda atascado del otro lado. Una señora de mejillas rosadas —supongo la misma que me empujó—, me ayuda a destrabarlo apuntando al aparato de ingreso y diciendo: «Los buses son un soberano desastre gracias a esta cuestioncita», dándome a entender, por su expresión, que quien lo diseñó no tuvo consideración alguna con los cuerpos como el de ella. Yo pienso en la palabra buses. Y es que yo llamo buses a los que hacen tramos más largos, el que me lleva a Viña, por ejemplo. Esta es sencillamente una micro. La 426. Nunca antes me subí a la 426. El letrero de su recorrido dice que inicia el trayecto en la comuna de Pudahuel y termina en Lo Barnechea y logro entender que lleve tanta gente y que se sientan como sardinas. Ruego para mis adentros que mis idas al mecánico no se vuelvan una rutina.

Frente a la Escuela Militar se detiene y se baja un buen lote de pasajeros. Logro avanzar hasta la parte central de la micro. El chofer cierra las puertas nuevamente y toca la bocina apurando a los vehículos que tiene por delante. Hace una maniobra brusca de adelantamiento hacia la izquierda y regresa, de la misma manera, a la primera pista. El fuelle de la oruga me hace tambalear. Pido permiso y consigo apoyarme contra la ventana, en el espacio pensado para una silla de ruedas. Miro hacia la parte posterior y alguien sentado en los asientos del fondo me parece familiar. Literalmente familiar. Si no fuera porque está muerto habría jurado que se trataba de mi abuelo. Yo tenía dieciocho años cuando murió pero recuerdo su inconfundible estatura, muy por sobre el promedio chileno, su bigote cano tan bien cuidado, el peinado engominado y esa mirada celeste, como el cielo viñamarino de medio día a medida que se va despejando. Alguien me pregunta la hora y la pantalla de mi móvil muestra las 11:11. El otro alguien, el del fondo, me mira fijamente. Saca una peineta de carey del bolsillo interior de su chaqueta de tweed, la desliza por sus canas y, sin quitarme la vista de encima, se repasa la gomina con los dedos de la otra mano. Igual a como hacía mi abuelo.

* * *

El 1 de enero de 1985, a eso de las 11 de la mañana sonó el teléfono. Mi mamá estaba en el baño vistiendo a mi hermana menor así que esperé a que sonara el tercer ring y contesté.

—¿Hablo con la nieta mayor de don René? —preguntó una mujer.

—Sí… —contesté vacilante con la sospecha de que una mala noticia se avecinaba.

—Tu abuelo se murió —dijo sin adornos ni anestesia la misma voz, y cortó.

Mi primera reacción fue dudar, obvio, porque a nadie se le ocurre dar esa clase de noticias de forma tan escueta y por teléfono, pero sobre todo porque recién había visitado al Tata una semana antes, el día previo a la Nochebuena. Estaba tan contento. Le prepararé su acostumbrado pichuncho, mientras él, sentado en la butaca *chesterfield*, apuraba el cigarrillo con el solo fin de dejar solo la cola y hacer el truco con el cual parecía tragarse la colilla encendida. «Temía no alcanzar a despedirme, corazón. El próximo año ya no me encontraré en este mundo», dijo alzando la copa que yo le terminaba de pasar. «Ya vas a empezar, Tata. Todos los años dices lo mismo y mírate». «Esta vez es diferente. Ya cumplí con lo que tenía que hacer por estos lados y he dejado todo en orden». Como es de suponer, no le presté demasiado oído a las divagaciones de su fin de vida, pero sí al par de anécdotas antiguas, que me contaba como era costumbre, y después de un par de horas, nos despedimos con un abrazo apretado, aprisionando mi nariz contra su cuello tibio. Siempre su aroma a Pino Silvestre perduraba en mí hasta que llegaba a mi casa. El Tata lucía bien. Era imposible que se hubiera muerto. Tampoco podía imaginar que alguien fuera capaz de jugarme una broma de esa naturaleza, nadie en su sano juicio podría pensar que aquello fuera una broma. Entonces marqué el número telefónico de mis abuelos. Sin tener muy claro qué iba a decir… No podía preguntar «¿Está todo en orden?», sin ponerlo en contexto. La excusa de desear un feliz año nuevo era la mejor opción y si mi abuelo levantaba el auricular, tanto mejor.

—¿Tía?

—Ay, mijita, qué manera de empezar el año —dijo consternada, reconociéndome.

—¿Qué pasó?

—Es mi… Se trata de tu abuelo… Falleció.

—Lo sé, tía. Me llamaron recién.

—¿Quién?

—La Manena, supongo —dije refiriéndome a la nana que trabajó con ellos toda la vida.

—La Mane se fue anteayer a pasar las fiestas, a Curicó, todavía no lo sabe.

—Ah… No sé quién fue entonces pero alguien me avisó.

—Es imposible, mijita. Yo acabo de llegar y tu abuela estaba sola.

—Tal vez ella misma...

—No creo. Apenas sí pudo llamarme a mí. La vieras… No atina a nada. Dice que escuchó la máquina de afeitar y luego el agua corriendo cuando el tata se estaba lavando los dientes. Cuando lo llamó, desde el vestidor, para saber si estaba listo porque estaban medio justos de tiempo para la misa de las doce, no le respondió. Así que, ya sabes cómo es ella, entró a la pieza retándolo y lo vio tendido en la cama. Bien engominado y con los brazos cruzados sobre el pecho, sus manos pálidas y pecosas destacando sobre el terno gris marengo. Impecable. Tu abuela pensó que la estaba bromeando y lo volvió a retar. Pero ahí, de reojo, descubrió el cajón del velador que estaba semi abierto.

Recordé la conversación con el tata los días previos a la Navidad. Por fin era cierto que había dejado todo organizado para cuando ocurriera su muerte. Los papeles del Hogar de Cristo ordenados en la secuencia de trámites que había que seguir. Y todo pagado. *Hasta le pidió a alguien que me avisara*, pensé.

* * *

La micro queda casi vacía en el paradero del Apumanque y camino hasta el fondo. No puedo creerlo. ¿Tata?, le pregunto. Y ese alguien da tres golpecitos en el asiento de al lado invitándome a sentar. Al hacerlo, el olor de su perfume alcanza mi nariz: Pino Silvestre. Pienso en lo tarde que me acosté la noche anterior y en el sueño que todavía tengo.

¿Vas a La Dehesa? Sí... pero tú estás... Traté de explicártelo la noche de aquel año nuevo, ¿olvidas que te visité? Sé que me tomaste los tobillos y te sentaste en el larguero de mi cama, pero siempre creí que era un sueño. Tenía que decirte de alguna forma que me iba tranquilo, espero no haberte asustado. Para nada, y cuando vi tu carita sonriente en el ataúd supe que estabas en paz. Te tomaste un buen tiempo para asomarte. Me costó aceptar que dentro de ese féretro estabas tú. Fuiste la única a quien le avisé de mi partida. ¿Tuviste que elegir un feriado, Tata? Por eso me encargué de dejar todo organizado. Pero estaba todo cerrado y te velamos al medio del living. Al lugar donde iba no existen los feriados y el living era el lugar más cómodo de la casa. Tata, perdona, pero no entiendo nada. ¿Qué es lo que quieres entender? Esto de que te fuiste y que parezcas estar vivo. Estoy vivo, corazón. No, no lo estás, te moriste y me lo hiciste saber apenas te fuiste. No tienes idea de cuánto me costó coordinar esa llamada telefónica. Te estoy soñando, ¿verdad?, porque es demasiado confuso. No te equivoques, es más simple de lo que parece. ¿Dónde está lo simple?, mientras más lo pienso, menos entiendo. La cosa es así: el paso siguiente a morirse es elegir dónde seguir viviendo, y me costó convencerlos porque la idea es tomar distancia del lugar que estás dejando; de hecho, ellos esperan que escojas otro país. ¿Y tú preferiste Santiago antes que tu Manchester añorado? Quería estar lo más cerca de mi primera nieta; verte quizá. Pero han pasado treinta y un años, te tomaste tu tiempo. Si a medida que te haces viejo, los años pasan cada vez más de prisa, imagínate lo que ocurre después de morir. Estás reconociendo tu muerte, ¿viste? Ya te darás cuenta de lo relativo que es el tiempo.

«Señores pasajeros, fin del recorrido. Si quieren ir en el recorrido inverso deberán pasar nuevamente su tarjeta BIP», anuncia el chofer.

Solo quedamos los dos y me pongo de pie. Tenemos que bajarnos, Tata. Debí hacerlo en el Hospital de la FACH pero me entretuviste con la conversa, corazón. ¿Vas al médico? Un chequeo rutinario, nada más. Yo voy a buscar el auto al taller de aquí al frente, ¿te llevo? La micro parte de vuelta en unos minutos, creo que aún estoy a tiempo para mi cita. Pensé que como estabas muerto no era necesario ir al… Tú lo has dicho: «estaba» muerto.

* * *

Me bajo de la micro y me siento en la banqueta del paradero, tratando de descifrar la alucinación. Tal vez sea una señal. Similar a la llamada misteriosa que recibí cuando él murió. La micro se marcha. El mesón de atención del taller mecánico está colapsado. Mientras espero, repaso el encuentro mirando el *Candy Crush* en la pantalla de mi teléfono. La entrega de mi auto está demorada en veinte minutos. No reclamo. Muy por el contrario, me sonrío cada tanto. Y es que las coloridas figuras del juego son como los porotitos de dulce que mi abuelo me regalaba cada sábado. Le gustaba llevarme a Valparaíso en micro. La esperábamos en el paradero del Club de Yates, en Recreo, y aunque nos servía casi cualquiera, tomábamos la 1 o la 10 porque eran de color naranja. La Avenida España, con su panorámica hacia la bahía, se prestaba para que me contara historias de barcos y marinos. Lo hacía con tanta gracia. Y cuando íbamos por la Avenida España, a la altura de la Universidad Santa María, apuntaba los rompeolas y me preguntaba «¿Cómo se llaman esos?». A mi abuelo se le hinchaba el pecho de orgullo cuando le respondía «Tetrápodos, Tata, tetrápodos», como si fuera un trabalenguas, y el chofer nos miraba a través del espejo retrovisor y los pasajeros murmuraban asombrados de que una niña de cinco años conociera tal palabra. A veces le pedía que fuéramos en la Renola pero él me explicaba que su auto era muy bajo, y que por lo tanto no alcanzaríamos a ver los tetrápodos, y que entonces no habría quién pudiera enseñarle a los pasajeros de la micro el verdadero nombre de los rompeolas. Prefería compartir con su nieta que manejar. El paradero de destino estaba frente al Markoa. Las vigas metálicas del restaurante en la costanera de Valparaíso estaban pintadas también de color naranja. Apenas nos sentábamos, en la mesa pegada al ventanal, el mozo se acercaba y nos saludaba con un don para mi tata y un señorita para mí. «¿Lo mismo de siempre?» preguntaba, y nos traía una ensalada de locos mayo, con yapa. ¡Con qué ganas la compartíamos! Mi abuelo se dejaba mayonesa en el bigote a propósito para que yo lo reprendiera y le limpiara con la servilleta de género. «¿Un pichunchito, don René?» «Ese me lo tomo en casa. Le estoy enseñando a mi nieta cómo prepararlo y tiene que practicar». Luego, después de esconder la propina debajo de la misma bandejita de plástico donde el mozo traía la cuenta, nos despedíamos y esperábamos la 1 o la 10 para regresar a casa.

* * *

Por fin me entregan el auto. Pago el servicio mecánico y conduzco rauda por Avenida La Dehesa. En vez de tomar el desvío hacia la autopista, que sería la vía más rápida para llegar a casa, continúo por el puente que cruza el Mapocho. Doblo en Avenida Las Condes adelantando a varias micros con la ilusión de descubrir la 426 donde debería ir mi abuelo. Por el espejo retrovisor veo los letreros de las que voy dejando atrás: la C09, la C08 y la C01. Llego al Hospital de la Fuerza Aérea y el guardia de la entrada se acerca a la ventanilla del auto. Le explico que vengo a buscar a mi abuelo y levanta la barrera dejándome pasar. No tengo la menor idea hacia dónde dirigirme. Mientras busco un espacio libre para estacionar, lo diviso sentado en una banca, en el sector de Medicina Aeroespacial.

¿Te atendieron? Sí, justo a tiempo. ¿Todavía crees en la reencarnación, Tata? yo tengo la ilusión de volver como un perro. Pues ándate olvidando, ya te dije cómo funciona la cosa. Una duda que tengo, Tata ¿Y la abuela? ¿Está contigo? ¡Qué ocurrencias tienes! ¿No sabes qué fue de ella? Ni idea, aunque supongo que su elección fue Edimburgo. ¿Qué te dijo el doctor? Lo mismo de siempre, que mi tope son dos cigarrillos al día. ¿Y sigues con el truco de comerte la colilla? No, ya no me resultaba tan bien y me estaba quemando el paladar. ¿Y tu pichuncho cada tarde? Tampoco, es difícil conseguir *Vermouth* rosado por allá. ¿Conoces el bar Don Rodrigo, de Lastarria? No sé de ningún Rodrigo y ningún Lastarria. Pues deberías, se dice que preparan uno de los mejores pichunchos de Santiago. ¿Mejores que los tuyos? Lo dices porque tú me lo enseñaste. Y porque le agregabas tu ingrediente especial. ¿Tienes tiempo, ahora? Todo el tiempo del mundo, ya te dije que el tiempo es relativo. Vamos entonces, yo invito. Acepto, con la condición de que nos vayamos en micro.

Porfiado

El plan de los parapentistas era evaluar un despegue apropiado en El Roble, el cerro más alto de la Cordillera de la Costa, y con aquello, dar por inaugurada la temporada de vuelo 2017. Después de volar, comerían en el primer boliche abierto cerca del aterrizaje, seguramente en Palmas de Ocoa, y regresarían a Santiago a más tardar a las once de la noche.

Las tareas habían sido repartidas con anticipación: Diego había revisado el informe meteorológico, Juan tenía preparado el kit de supervivencia que incluía una pequeña hacha para limpiar el terreno, y Pedro era el encargado de conseguir los permisos para ingresar al cerro. Sin embargo, cuando llegaron al portón de ingreso, estaba cerrado.

—¿Y ahora qué hacemos? —preguntó Diego.

—Saltar el cerco, poh —contestó Pedro.

—No me parece una buena idea —opinó Juan—, por algo habrán puesto el candado.

—Ya, no me miren así. Se me fue llamar nomás, y ya estamos aquí.

—Pedro, no —alcanzó a decir Diego mientras Pedro, sin esperar el consenso, tiraba su mochila al otro lado del cerco y comenzaba a encaramarse.

—'Ta qué eres porfiado —lo reprendió Juan.

En poco menos de tres horas hicieron cumbre y, a pesar de ser el segundo día de septiembre, todavía había nieve.

Dejaron los equipos de vuelo al alero de un arbusto y se dieron a la tarea de despejar el terreno. Un área no muy grande, solo lo suficiente para extender un parapente. La principal preocupación era que los equipos no estuvieran en contacto con la nieve para mantenerlos secos. Por muy experimentado que fuera el piloto sería imposible volar con la tela mojada. Despegarían por turnos.

Procuraron cortar únicamente los matorrales que se interponían en la carrera de despegue. Suficientes problemas tenían ya con haber traspasado el recinto privado, como para que también los acusaran de intervenir el hábitat de una reserva nacional. Con las mismas ramas barrieron la nieve.

Las condiciones de viento eran, en jerga deportiva, «bastante pobres», pero de todas formas, Pedro se decidió a salir. ¿Imaginan cómo sería encumbrar un piano?

Es exactamente así como se le dice a un vuelo carente de corrientes ascendentes.

—Esperemos un rato —propuso Juan.

—Esto no mejora ni cagando —aseguró Pedro.

—Juan tiene razón. Démonos quince minutos aunque sea y ahí decidimos —dijo Diego.

—Ustedes hagan lo que quieran, yo los espero abajo.

El «vuelo» de Pedro duró menos de un minuto. Las condiciones resultaron ser aún peores que las evaluadas. Quedó semi aterrizado cien metros cerro abajo, con los suspentes de la vela enredados en un espino. Juan y Diego le gritaron para confirmar que no se hubiera lastimado, y el gruñido de Pedro los tranquilizó. Bajaron para ayudarlo con las cuerditas que, en ese estado, requerían de paciencia para ser desenredadas.

—'Ta qué eres porfiado, Pedro —dijo Juan cuando llegaron a su lado.

—¿Venís a ayudarme o me venís a putear?

Después de dos horas, regresaron al despegue y vieron cómo, a ratos, algunos arbustos comenzaron a mecerse. El anemómetro de Diego indicó ciclos con pequeñas alzas en la velocidad del viento. A sabiendas de que irremediablemente los esperaba el vuelo de «piano», despegaron uno detrás del otro. Ninguno logró realizar la ruta predefinida pero, un claro a mitad de la ladera les permitió aterrizar, aunque no exentos de problemas. Diego se torció un tobillo por culpa de una piedra y la hinchazón no se dejó esperar.

Para dar sus pasos siguientes tenían escasas alternativas: caminar hasta el despegue nuevamente y descender luego hasta el cerco que habían traspasado, o bajar a campo traviesa hasta Palmas de Ocoa. Lo ideal hubiera sido un sendero o una huella caminable pero desde el aire ninguno había visto algo parecido. Por otro lado, el tobillo de Diego dificultaría la travesía.

—¿Y si acampamos aquí? —preguntó Pedro.

—¿Te volviste loco? Nos vamos a congelar —contestó Juan.

—No seai niñita. Nos podemos envolver con los parapentes y hasta te ofrezco hacer cucharita —lo molestó Pedro.

—Esas nubes no se ven muy amistosas —Diego apuntó hacia el sur.

—Miren, pronto va a oscurecer y si bajamos a tientas terminaremos los tres con un esguince. Aprovechemos este peladero y mañana tratamos de despegar desde aquí mismo a primera hora.

—No me convence mucho tu idea —dijo Juan.

—La verdad es que me está doliendo harto el tobillo así que yo voto por quedarnos —agregó Diego.

Juan sacó una barra de cereal para cada quien desde el kit de supervivencia, y cada uno su propia botella de agua. También sacó el spray anestésico y el pomo de ibuprofeno para Diego. Armaron un campamento y se sentaron formando un triángulo.

—¿Qué tal una fogatita? —sugirió Pedro.

—Esa sí que no te la aguanto, huevón. Lo único que nos falta es que armes un incendio.

—Igual no podría —Diego apuntó al cielo que se cerró súbitamente.

Comenzó a caer la lluvia.

Con los parapentes se hicieron «pilotos envueltos». Ninguno agregó nada, y por más que trataron de dormir no lo consiguieron. La oscuridad los cubrió de un santiamén y al poco rato, la nieve.

—No aguanto más, estoy que me hago —avisó Diego.

—¿Era necesario decirnos, huevón? —dijo Pedro irritado.

—No te alejes mucho, no se ve ni tu sombra —previno Juan.

Diego se desenrolló del parapente y empezó a caminar. Recordó el encendedor que había puesto en su bolsillo pero solo pudo sacarle un par de chispas. Le pareció que la hinchazón del tobillo había bajado.

Juan y Pedro esperaron quince minutos antes de comenzar a llamarlo. Primero susurrando y luego a los gritos, pero Diego no contestaba. Ni a los veinte minutos, ni a los treinta, ni nunca más. Y continuó nevando, cada vez más fuerte. Aquella noche pareció no querer acabar.

El día siguiente amaneció sin huellas de Diego, pero tampoco de Pedro ni de Juan. No había huella de nada.

De pronto, algo pareció moverse debajo de la nieve, y luego algo al lado de ese algo. Primero emergieron las cabezas de Juan y Pedro, y después sus cuerpos, en cámara lenta, como si el peso de mil pianos descansara sobre ellos. Sus miradas eran blancas y también lucían pesadas. Las lenguas congeladas no los dejaron hablar.

Sacudieron con dificultad sus parapentes. Y entre ambos, el de Diego. Se envolvieron nuevamente, esta vez a modo de capa, y avanzaron cerro abajo tomados de las manos. La fuerza de gravedad los movió por inercia. Las piernas se les hundían hasta las rodillas en cada paso. Juan pensó que alucinaba, que la cabaña que veía a la distancia era producto de su congoja y de la nieve en sus pestañas. Les tomó horas, quién sabe si días, llegar.

A Pedro le costaba un poco más desenterrar sus pasos y se quedó detrás de Juan mientras este despejaba la entrada de la cabaña. Si la puerta hubiera tenido piernas, hubiese tenido sus rodillas cubiertas de nieve.

En la cabaña no había alimentos pero sí una cama pequeña y un cobertor seco y mullido. Juan se recostó y se cubrió hasta el cuello.

—Métete aquí.

Pedro negó con la cabeza.

—Déjate de pudores, huevón —dijo Juan adivinando la reticencia de acostarse en la misma cama—. Ya verás que apenas entres en calor te va a salir la voz de nuevo.

Pedro, obstinado como siempre, tomó una silla y se sentó al frente, sin dejar de lado el parapente que tenía encima.

Juan despertó sobresaltado debido al ruido provocado por Pedro cuando cayó de bruces al suelo.

—'Ta que eres porfiado. Te dije que te metieras a la cama.

No pudo calcular el tiempo que había estado dormido. Se levantó lo más rápido que el frío le permitió y trató de incorporar a Pedro para que al menos quedara sentado. Un hilo de sangre le había salido por la nariz, ahora chueca, y ya se había congelado. El siguiente pensamiento se lo dedicó a Diego, que seguramente había quedado enterrado en la mitad del cerro. Aquella imagen le dio la fuerza necesaria para dar digna sepultura a Pedro. Abrió la puerta y continuaba nevando. Se alejó unos metros y cavó una fosa. Quizá no tan profunda como hubiera querido, pero contaba con que la nieve se encargaría del resto. Fue por Pedro, lo cargó hasta la fosa, lo acomodó con cariño y lo cubrió con cuidado.

—Descansa en paz, querido amigo —le susurró.

En el cielo, hacia el norte, parecía estar aclarando.

Regresó a la cabaña, se metió a la cama y volvió a arroparse.

Diego y Pedro irrumpieron, un par de días después, despertándolo. El tobillo de Diego parecía estar curado y la nariz de Pedro también. ¿Alguna vez tuvieron un ataque de risa incontenible? Pues, durante un buen rato, los tres estuvieron apretándose el estómago y conteniendo los esfínteres. Impedidos de hablar a causa de la risa. Juan, a señas, los conminó a sentarse a los pies de la cama.

—¿Tanto te costó preparar un kit de sobrevivencia que funcionara? —le preguntó Diego, todavía sonriente.

—Lo mismo que te costó a ti ser minucioso con el reporte del tiempo —contestó Juan.

—Ok. Para la próxima, entonces, tú te encargas del *Accuweather* y yo del kit.

—¡Éjale! Si solo cambian las tareas entre ustedes, me dejan de nuevo con los permisos para subir al cerro.

—'Ta qué eres porfiado, Pedro. Si tu error fue el único que nos pudo haber salvado. Haz caso alguna vez y ándate a descansar en paz.

M. Lorena Leigh López

DE PELÍCULA

Bruce y Dick vivían en el Pasaje K. La panorámica que les brindaba estar en la punta del Cerro Jiménez, les permitía dominar todo el acontecer del puerto. Desde el día en que lograron colarse en el cine Velarde para ver *Batman*, decidieron convertirse en los superhéroes de Valparaíso o «Ciudad Puértica», como le pusieron. Sus nombres verdaderos eran Boris y Daniel pero la coincidencia con las iniciales del dúo dinámico, los hizo adoptar esas chapas.

A los pocos días de ver la película fueron a la Plaza O'Higgins, a la misma tienda de ropa usada donde antes habían robado poleras y prendas menores llevándoselas puestas debajo de las propias. La tarea era algo más riesgosa esta vez pues buscaban abrigos o algo similar, para usarlos a modo de capas. Como era de prever, el dueño descubrió que no tenían ni la intención ni la plata para pagar, y amenazó con llamar a la policía.

Bruce era un chico carismático y con alma negociadora. Con la mirada más dulce que pudo, le contó al dueño el plan que tenían. El hombre —que resultó ser fanático de la historieta y, por supuesto, también había visto la película—, terminó no solo contándoles algunas anécdotas del comic sino que hasta les regaló dos casacas iguales de una universidad gringa, de talla XXL y color negro.

Entre las historias que el dueño de la tienda les contó estaba la que revelaba que la verdadera Ciudad Gótica se hallaba en Inglaterra, no en Nueva York como hacía creer la película. Por otro lado, Bruce y Dick sabían que el Cerro Alegre estaba lleno de inmigrantes ingleses y decidieron entonces que el centro de operaciones no podía estar ubicado en otro lugar. Más encima y para su suerte, les quedaba de camino a casa.

El año nuevo del 71 vieron los fuegos artificiales en el Paseo Yugoslavo, apretujados entre las rejas que hacían de baranda afuera del Palacio Baburizza. La familia de Bruce instaló una carpa y le pidieron permiso a los padres de Dick para que este pasara las doce con ellos.

Después de la seguidilla de abrazos, los niños tiraron un par de petardos pequeños suministrados por el papá de Bruce. De los tres voladores de mayor envergadura, y por lo tanto más potentes, se encargó él mismo. Alcanzaron igual altura que los fuegos lanzados desde los barcos, pero el último, en vez de apagarse en el aire como los anteriores, fue a dar al patio de una casa unos metros más abajo. Fue una verdadera suerte que nadie saliera lastimado. A eso de las 4 de la mañana Bruce y Dick se metieron a los sacos de dormir.

Los ladridos de dos perros despertaron a los chicos bien temprano el primer día de 1972. Y aunque era sábado, la falta de movimiento lo hacía parecer domingo. A la distancia oyeron que alguien tiraba los últimos cuetes, pero en general, Ciudad Puértica continuaba dormida después de los festejos.

Bruce llevó a Dick dos cuadras más arriba. Quería mostrarle Higueras, la calle que había descubierto días atrás. Era plana, paralela a la línea del mar, con casas pareadas de ladrillo y en las que únicamente vivían ingleses. Ideal para convertirse en la base operativa de los nuevos súper héroes.

Las autoridades, debido al terremoto del 8 de julio del año anterior, habían anunciado un espectáculo pirotécnico austero; sin embargo, y como era habitual, no habían cumplido y la humareda, producto de la cantidad de fuegos lanzados y la falta de viento, estaba estancada a modo de neblina, tanto en la bahía como en las calles más bajas del cerro. A los chicos en la escuela les habían enseñado que en Londres estaba siempre nublado así es que la calle Higueras, impregnada con aquel humo, pasó rápidamente de ser ideal, a perfecta.

Se abrió la puerta de una de las casas y un niño de pelo claro salió con una vistosa bicicleta amarilla. Nunca habían visto cosa parecida, era muy distinta a la CIC del

Pocas Pecas del curso. De seguro, se la habían traído por barco y regalado en Navidad.

Cada vez que pudieron, Bruce y Dick realizaron el mismo trayecto siguiendo una línea casi recta entre sus casas y el centro de operaciones. Recorrían desde el Pasaje K, que después de cuatro cuadras pasaba a llamarse Agua Potable, luego Guillermo Munnich y, por último, Montealegre hasta la esquina de Higueras.

Saltaban alternando vereda y calzada, con sus casacas XXL flameando, atentos a lo que pudiera acontecer para entrar en acción. Más de una vez invitaron a los «rucios» a unirse al juego pero nunca tuvieron eco en los desaliñados niños de pantalones cortos de tweed. Un par de veces, Alex y Peter mostraron algún tipo de entusiasmo —Alex era el de la bicicleta amarilla—, pero bastaba con que Bruce y Dick comenzaran a acercárseles para que sus madres, desde las ventanas del segundo piso, pusieran cara de asco y los llamaran para entrar, advirtiéndoles que se estaba poniendo fresco. Ellos sabían que era solo una mala excusa, cerraban sus casacas resignados, y regresaban a la punta del cerro, a su Pasaje K.

Cierto día, a eso de las ocho de la tarde, vieron la bicicleta de Alex en una casa de Agua Potable. Varias cuadras más arriba de donde debía estar. Por fin se les presentaba una misión digna de Batman y Robin. No cabía duda de que el famoso Choro Emilio se la había robado. Después de hacer el bien favoreciendo a un niño inglés, las mamás de la calle Higueras hasta los dejarían jugar con ellos.

—Tú te parai en la vereda del frente y me avisai cuando el Choro Emilio esté metiendo la llave en la puerta de la casa. La puerta, no la reja. No vaya a ser cosa que se entretenga en el patio y yo no le atine. Y ahí desde el techo le tiro el peñasco.

—¡Pero yo tengo mejor puntería, poh!

—Sí, pero yo soy Batman.

—¿Tai seguro que va a funcionar?

—Dema'. Cuando se esté sobando la cabeza, tú cruzai y sacai la bici pa' la calle. Yo me lanzo pa'bajo y le tiro un cuete a las patas.

—Y si nos agarra.

—No hay forma. ¿No veís que llega tan cura'o que entre el piedrazo y el cuete va a fletar pa'entro pensando que se lo calzaron los pacos?

Todo resultó tal cual estaba planeado. Apenas la piedra hizo contacto con su cabeza, el Choro Emilio entró a la casa y cerró por dentro. Bruce le ordenó a Dick que se sentara en la rejilla de la *batibici*, y él se fue manejándola cerro abajo.

Llegaron a Higueras cuando ya estaba oscuro. Dejaron la bici apoyada en la puerta de Alex, tocaron el timbre y salieron corriendo. De primeras, Dick no entendió por qué Bruce había modificado el desenlace del plan, si la idea era que los ingleses les reconocieran la hazaña. A Bruce, en un minuto de cordura, se le ocurrió que más de algún rucio podría culparlos de ser ellos los ladrones. También entendió la necesidad de usar antifaces.

A fines de enero, lograron colarse en otro cine. El afiche promocional les había llamado la atención antes del año nuevo, pero no hicieron el intento de entrar porque, al ser para mayores de 18, los hubieran pillado fácilmente. Ahora era distinto. Eran como Batman y Robin, con misiones cumplidas y todo, y los superhéroes entraban donde les diera la gana. Era una buena señal que *La naranja mecánica* siguiera aún en cartelera. Se sentaron en la esquina más escondida de la sala.

Apenas apareció *THE END* en la pantalla, Bruce saltó de su butaca y sin esperar al tumulto de gente para salir entre medio, agarró a Dick del brazo y lo arrastró fuera del cine.

—¿Cachaste la coincidencia? —preguntó.

Dick respondió encogiéndose de hombros.

—El groso se llamaba Alex, y el otro, Peter.

—¿Ya?

—Alex, como el gringo del Cerro Alegre. A lo mejor no nos dieron bola con Batman y Robin porque ellos quieren ser los personajes importantes.

—A mí no me importa que no jueguen…

—Pero a mí sí, poh. Ven. Vamos donde el loco de la ropa europea pa' conseguirnos trajes blancos pa' los cuatro.

—¿Qué cuatro?

—Alex, Peter... y desde hoy yo soy Georgie y tú eris Dim.

—¿Estai hablando en serio?

—Sí poh. Dim no es tan distinto a Dick. Te apuesto que si le contamos la firme de su bici, el rucio Alex nos compra la idea.

—Pero no seríai el jefe.

—¿Y? Tampoco necesitaré ponerme un casco con tenazas para mantener las pepas abiertas.

Pudo ser peor

Julio da una vuelta a la rotonda para que tengamos una vista panorámica y detiene el auto frente a la entrada de la casa. Veo a la Mamá Rosa que observa nuestra llegada desde la ventana de la cocina. Me bajo al mismo tiempo que el chofer de mis papás, le digo que yo me encargo de abrir la puerta trasera y que él se preocupe de las maletas. Le extiendo mi brazo a Kulap para ayudarla a salir del auto. Mi novia es menuda, tan frágil como el estereotipo oriental que se muestra en las películas. Gracias al terraplén de sus zapatos queda casi de mi altura. Junto con poner ambos pies en el suelo, me dirige una sonrisa y lanza el extremo de su trenza por el costado hasta acomodarla recta sobre su espalda. Se ha vestido y peinado con esmero para agradar a mis padres.

Julio saca las valijas sin prisa del maletero, mientras cuelo medio cuerpo dentro del auto para alcanzar el neceser amarillo de mi novia. Ella se lo cuelga en el antebrazo y hace un lindo juego con sus zapatos.

Mamá Rosa me saluda a los gritos desde la puerta de la cocina, y dejo a Kulap con Julio mientras corro a su encuentro.

—Mamá Rosa —la abrazo apretado.

—¡Pucha que lo he echado de menos, mi niño! … Oiga, pero no es para que me desarme, pues. ¡Qué fornido y qué fuerte que está!

—La culpa es del *kickboxing*.

—¿El quic qué?

—Ya te contaré con calma, ahora acompáñame que quiero presentarte a…

No alcanzo a terminar la frase y veo que mis padres salen por la puerta principal. Corro de vuelta hacia ellos para evitar que se auto presenten a Kulap y la incomoden. Mi nana entenderá que no es un desaire. Siempre me ha entendido mejor que nadie.

Justo a tiempo, se las presento formalmente como a ellos les gusta. Papá se ubica detrás de mamá y ella me abraza y a mi novia le extiende la mano. Mamá Rosa me cuenta después que la sonrisa que esbozó mamá, en ese momento, fue la misma que usa con los reponedores del Jumbo Chamisero, o con la cajera cuando esta le pregunta si quiere donar los tres pesos del vuelto. «Por ningún motivo, linda. Aporto, personalmente, todos los domingos en misa, y eso es suficiente». La imitación que hizo Mamá Rosa de mi madre me pareció notable. Sin ninguna duda, es la que se puso más contenta por que hayamos venido, aunque sea solo de visita.

En el comedor la mesa está puesta y dispuesta para sentarnos a almorzar. Me habría gustado hacer un recorrido por la casa antes. No sé. Conocer la nueva habitación que mis padres construyeron para mí mientras he estado fuera. Y hacerle un tour a Kulap, mal que mal, no cualquiera se puede lucir con un departamento completo y privado al interior de la casa paterna. Julio nos lo había descrito durante el trayecto desde el aeropuerto, algo completamente innecesario para mí dadas las miles de fotos que me envió papá por mail, pero imprescindible para él pues era su forma de agradecer el departamento donde vive con Mamá Rosa. Son muy similares. De seguro, papá se basó en los mismos planos. La mayor diferencia es la terraza que corre de lado a lado, en mi caso, en el segundo piso. La vista panorámica hacia los rosales de mi madre, en cambio, es un privilegio que se ganaron ellos.

Recordé cuando con Mamá Rosa nos despedimos el día que partí a estudiar a Escocia, pues lo hicimos mirando aquel jardín. Me excuso y, antes de sentarme a la mesa voy a la cocina a verla un momento.

—A mí me habría costado tantísimo dejarlo que se fuera, mi niño.

—Lo sé, Mamita Rosa. Siempre me has tratado como si fuera tu hijo.

—Para que vea lo lesa que soy. No hay vez que doña Marta y don Manuel hayan tomado una mala decisión.

Se les debe estar saliendo el corazón de hinchado ahora que está a punto de convertirse en arquitecto… Yo tengo el mío del porte de un buque y eso que soy su nana no más ¡Imagínese!

—¿Cómo que mi nana no más? Tú me cambiaste el primer pañal, preparaste mis loncheras…

—Y conocí a su primera polola, ¿se acuerda? Y mi Julito le enseñó a usar la honda cuando chiquitito y después a manejar. Ese es otro que está más orgulloso que la ñoña.

—Quiero que lo sepas antes que mis papás, Mamá Rosa, me voy a casar. Así que vayan preparándose para el viaje porque va a ser pronto, en Escocia, y te quiero a ti y a Julio allá.

—¿Se le ocurre? Juan Felipito, por Dios, yo arriba de un avión ni amarrada.

—No puedes decirnos que no. No habrá excusa que valga. ¡Ah! Y ten cuidado con lo que digas delante de mi novia porque ella entiende más español del que habla.

—No, si no voy a meter la cuchara en nada, quédese tranquilito. Los patrones de seguro le van a hablar en inglés. Yo de escocés no sé una palabra pero sé que el escocés y el inglés son como el chilote y el chileno. Parecidos. Una chiquilla que estuvo viniendo a planchar era de Chiloé, y le entendí de lo más bien.

* * *

Don Manuel está sentado en la cabecera, como siempre. La señora Marta a su derecha y al frente de ella, mi niño Juan Felipe con su novia al lado.

A la señal de doña Marta, llevo la ensalada que ella eligió para el menú: apio, piña, manzana verde y palta. Estoy segura de que una ensaladita a la chilena habría andado mejor, porque mi niño se la hace chupete y puchas que la debe echar de menos, pero a estas alturas del partido, sacarle a mi patrona esa manía de ponerle fruta a la comida salada es imposible. Eso sí, tuve la precaución de armarla justo antes de servirla para que ni la palta ni las manzanas se fueran a poner negras. Pongo la fuente al centro de la mesa y, entre mi niño y su novia, ubico un pocillo con tocinito tostado en trocitos cuadrados. Como para darle color a esa ensalada tan paliducha, digo yo. Y un poquito de «crocancia», como dice el churro del Chris Carpentier en el programa de Master Chef. Mi niño toma el pocillo, con la mano por encima como haciéndole un sombrerito, y se lo acerca a don Manuel. Cómo se nota que recuerda cuánto le gusta a su papá.

—Y cuénteme pues, linda. ¿También se fue a Escocia a estudiar? —pregunta don Manuel mientras mete la cucharilla en el pocillo del tocino. La señora Marta le dirige una mirada fulminante cuando ve que, acto seguido, se la lleva directo a la boca en vez de poner los cuadraditos en la ensalada. O tal vez también se deba a que le habló en español.

—No estudia yo, yo escocesa —responde ella con una voz muy muy dulce aunque su español me recuerde a Tarzán en la película.

—Kulap nació en Tailandia, papá, pero fue adoptada muy chiquitita —agrega mi niño.

—¿¡Cómo es que se llama!? —pregunto mirando a mi niño, arrepintiéndome enseguida por la promesa incumplida de no meter la cuchara. *Por la chita el nombre pa' feo.*

—Kulap —repite Juan Felipe—. Sus padres le mantuvieron su nombre nativo. ¿A que no sabes qué significa, Mamá Rosa?

—No se me puede llegar a ocurrir, mi niño.

—¡Rosa! Kulap quiere decir rosa en tailandés.

—¡Pero qué nombre más lindo! —digo. *Ahí sí, poh.*

—Muy interesante —agrega don Manuel llevándose otra cucharada de tocino a la boca—. Y si no estudias, ¿a qué te dedicas?

—Yo competir en Muay Thai. Y clases *of kickboxing* —hace un gesto con los puños como hace Rocky en la película.

Se hace un silencio de cementerio. Bueno… casi. Yo, que tengo el oído más o menos no más, puedo escuchar el crujido del apio que está masticando mi niño. Y trato de imaginarme a la chinita entre la patada y el combo.

Se nota que mi niño está enamorado hasta el contre porque la mira con esos ojitos de ternura que pone desde que aprendió a hablar.

Por desgracia debo regresar a la cocina porque las chuletas de cerdo deben estar casi listas y cruzo los dedos para que a mi tocaya le gusten como las aliñé. Aunque al plato de fondo también me hicieron meterle sabor dulce con unas ciruelas deshidratadas y más manzanas verdes. La señora Marta me dijo que apenas hiciera sonar la campanilla, sacara las chuletas del horno y las llevara lo más calentitas posible. Como si no supiera que el chancho frío le cae mal. Mientras espero la señal, pongo la oreja tras la puerta de vaivén que da al comedor para no perderme de nada. Los dedos los mantengo cruzados.

La Kulapita apenas abre la boca pero imagino que sigue sonriendo todo el tiempo, incluso cuando está masticando. Juan Felipe habla por ella y cuenta que la chiquilla estudió un semestre en el 'descotich biuti scul', o algo así. Que ser estilista fue su sueño de niña. «¿Peluquera?», dice la señora Marta. «Ay, mamá, el título es de estilista», le discute mi niño. «Pero dejó la carrera porque quedó seleccionada para representar a Escocia en las competencias de Muay Thai. Al mismo tiempo, se puso a hacer clases de *kickboxing*. Ahí la conocí yo». «Me imagino que sus padres pusieron el grito en el cielo», dice don Manuel. «En un principio los Brewster se desilusionaron, querían que estudiara una carrera tradicional, o algo que fuera útil para la empresa cervecera familiar. Pero después del aumento de ataques antisemitas en Escocia, cedieron y consideraron que, con ese hobby, su hija se podría defender o al menos inspiraría respeto». En el comedor de nuevo se produjo un silencio de funeral, pero mucho más breve que el anterior: «Espérate un poco», dice don Manuel, «¿Escuché bien? Dijiste antisemita. Me vas a decir que esta niñita además de ser oriental …¿es judía?».

La señora Marta hace sonar la campanilla más largo que lo normal. Abro rápidamente la tapa del horno y, la muy pava, que sigo con los dedos cruzados, me quemo el nudillo del dedo índice. Pongo el pyrex con el cerdo en la fuente de peltre y la llevo al comedor.

Don Manuel tiene los cachetes colorados. Como cuando mi Julito le pasa la correspondencia del banco y él repite tres veces la palabra «usureros» mientras abre el sobre. La señora Marta corre las copas y los cubiertos y le hace espacio a las chuletas.

—Llévese la ensalada, Rosa —dice.

—No, Mamá Rosa, déjala —la contradice mi niño—, es lo único que ha podido comer mi novia.

Como que quiso instalarse otra vez el silencio de cementerio pero mi niño no lo permitió y continuó rápido mirando directo a los ojos de don Manuel y metiéndose la ternura en el bolsillo. «Oyeron bien. Dije novia, porque les guste o no les guste, me voy a casar».

—Juan Felipe. Te voy a decir una sola cosa. No pretendas que aceptemos de buenas a primeras a tu pololita oriental sin que al menos…

—Es escocesa.

—No me interrumpas. Una oriental que vive de agarrarse a patadas sobre un ring…

—Compite, no se agarra a patadas con nadie...

—¡Callado! Y que encima de ser oriental y peleonera, es ¡¡judía!

—Pero no ortodoxa.

A don Manuel ya no le cabe más rojo en la cara.

—Tú, un Eguiguren del Río, criado en el mejor colegio católico de Santiago, egresado con las mejores calificaciones, al que le espera un exitoso futuro como arquitecto…

—Papá…

—Es que no puedo….

—Papá. Córtala. Nos vamos a casar a pesar de ustedes. Y créeme si te digo que debí elegir albañilería en vez de arquitectura. Me extraña que pienses que Escocia, con esos edificios, pueda necesitar un arquitecto, y chileno más encima.

—¿Qué dijeron sus padres? ¿Ya te conocieron?

—Por supuesto. Los Brewster… —mi niño mira p'arriba, esconde los labios y levanta las cejas, como cuando niño hacía una travesura y se iba a esconder a la cocina—. ¿Cómo te lo explico, papá? Mira, para tu sorpresa, ustedes pueden considerarse los papás felices de esta historia —Juan Felipe deja la servilleta de género sobre la mesa y le hace un gesto amoroso a su novia—. Y este almuerzo, pese a tus insultos, ha resultado mil veces más grato que el que tuvimos con ellos.

Me da un poco de risa nerviosa porque nadie sabe muy bien qué decir ni qué hacer. Así que vuelvo a poner la ensaladera sobre la mesa, lo más cerca posible de la Kulapita, dándole a entender a mi niño que yo estoy de su lado. Todos siguen la fuente de la ensalada con la vista. Luego, me empiezo a chupar el nudillo que compite enrojecido con las mejillas de don Manuel, esperando alguna indicación, y un chupón más sonoro que lo necesario hace que, al mismo tiempo, todos se vuelvan a mirarme disgustados.

—Me quemé —les digo ofendida, y me voy a la cocina apretándome el dedo quemado con la otra mano.

J3N Y LA CUENTA REGRESIVA

J3n quería arrendar un orbital y empezar una nueva vida fuera de este planeta pero le faltaba reunir el equivalente a un millón de dólares. La misión que estaba por emprender, transformaría su sueño en una realidad.

Tenía un plazo que cumplir y no podía perder el tiempo así que puso en su mochila preferida dos camisetas blancas de algodón, un cepillo de dientes con un pequeño pomo de pasta, y un jeans pitillo negro, idéntico al que llevaba puesto. En el reloj de su ojo izquierdo aparecieron los diez días que tenía por delante.

Para mediodía, ya estaba arriba de su moto para recorrer los mil trecientos kilómetros que la separaban de su objetivo en Concepción.

* * *

Aquella mañana, J3n había llegado hasta el departamento que antes compartía con C4ge, convencida de poder entrar sin problemas. Su ex no se habría tomado el tiempo para cambiar la combinación de la puerta. Espió desde la vereda de enfrente hasta verlo salir, porque no quería enfrentarlo. No otra vez. Suficiente había tenido cuando descubrió que su novio estaba convertido en un mafioso. Recordó su repentina mudanza a esta casa en la ciudad de Copiapó. Y claro, tuvo sentido al saber que C4ge era buscado por haber *hackeado* los registros del sistema judicial. Si lo atrapaban, aparecería en las cadenas informativas. Y desde luego, ella también.

Era cosa de tiempo.

El prestigio que había ganado como *techie* se vería vulnerado si las empresas para las cuales trabajaba se enteraban de su vínculo con él. Lo abandonó y se marchó con premura tras una acalorada, aunque corta discusión. Con el apuro, olvidó llevarse los discos de respaldo con los trabajos realizados. Las bases de datos que esos discos contenían podían resultar tentadoras para una mente tan maquinadora como la de C4ge.

Caminó hasta el patio trasero de la casa principal, hacia una pequeña dependencia acondicionada por los dueños para ser arrendada. La entrada no se veía desde la calle. Una tupida enredadera la flanqueaba por ambos costados. Por la cortina orgánica que cubría la puerta se dio cuenta de que ella había sido la única que la podó alguna vez.

J3n deslizó la tarjeta magnética y digitó la clave. En efecto, la clave continuaba siendo la misma. El mes de ausencia le fue apenas perceptible. Una huella mínima y brillante en la pared le mostró que incluso la araña de siempre continuaba recorriendo los bordes de la única ventana. El sofá a rayas, de cojines psicodélicos, permanecía hundido en el extremo junto al computador donde ella se sentaba. Veintiún latas de cerveza se mantenían apiladas sobre el mesón de la kitchenette, jugando a ser un árbol navideño.

Se dirigió al estante bajo la escalera y entrevió la cama de estilo japonés que había en el altillo: una suerte de entrepiso desprovisto de paredes que flotaba por sobre el escritorio. Vio asomados el cobertor de plumas y las sábanas desordenadas. Las arrugas del entrecejo se le marcaron como cicatrices al percibir el aroma del sudor nocturno, intenso como el pachulí de la última pitonisa que le leyó el tarot.

—¡Despabílate! —se dijo en voz alta y sacudió la cabeza.

Tomó los discos que la habían llevado hasta allí y dio una última mirada antes de cerrar la puerta definitivamente. El servidor de redes, al que C4ge puso un post-it con la leyenda de «NO APAGAR», parecía guiñarle un ojo con el parpadeo. No pudo resistirse. Se acercó e ingresó los cuatro caracteres de la contraseña, que al igual que la puerta, seguían siendo los mismos. Por su mente se cruzó la idea de borrar uno que otro programa. Una especie de venganza o algo así, pero no encontró ninguna razón de peso para causar tal estrago. Al contrario, sembraría evidencias que la vincularían aún más con él. O peor aún, podrían perderse otras que la dejarían libre de culpa o complicidad.

Se atrevió a hurgar entre los archivos disponibles; con C4ge nunca se sabía.

Un jpg etiquetado como «Se busca» llamó su atención. El *README* anunciaba una recompensa de un millón de dólares. El mensaje había sido enviado a los cincuenta mejores mercenarios y los conminaba a dar con el personaje de la fotografía, urgente, en un plazo de diez días. No estaban permitidas las preguntas y Quodyne Co., una de las mayores proveedoras de orbitales del planeta, podía ser contactada solo para el momento de la entrega. El mensaje se había abierto por última vez a las 9 de la mañana. La misma hora en que C4ge salió del departamento con apuro.

Su ex, y cuarenta y nueve mafiosos más, debían estar levantando cada piedra con el fin de encontrar al rostro sin nombre. J3n creía a ojos cerrados en el destino y el suyo le había deparado ser la mercenaria número cincuenta y uno. El tarot jamás mentía.

Hacía poco las cartas le habían vaticinado un viaje y un descubrimiento. La conexión del presagio con su pasado universitario no tuvo sentido hasta ver la cara de su profesor en esa imagen. Y junto a esa cara, un montón de dinero.

* * *

—¿Qué te hace ser tan valioso, queridísimo Peter? —repitió J3n en voz alta, mientras conducía a ciento veinte kilómetros por hora.

Iba conectada a su moto como si fueran una sola entidad. Comandaba la máquina a través de cables ópticos que ella misma había instalado. Podía realizar extensos viajes sin cansarse una pizca, ya que su motocicleta respondía a su mero pensamiento como si fuera dirigida por un piloto automático.

Incluyendo el tiempo que le tomó hacer sus necesidades fisiológicas, demoró trece horas en llegar a Concepción. Durante el viaje diseñó mentalmente un proyecto que llamaría WUES, *Women Urine Evacuation System*, y que traspasaría al computador estando ya asentada en su orbital. Lo vendería como agua pura y las ganancias solventarían el arriendo de los años siguientes.

Estacionó sin meter demasiada bulla. Era pasada la medianoche y vinieron a su cabeza las constantes llamadas de atención por los espectáculos «motociclísticos» que había dado tres años atrás mientras estudiaba las asignaturas que luego le otorgaron el título de cibernética.

Entró al campus universitario y se encaminó hacia el sector de los dormitorios de becados, y gracias a que conocía cada recoveco, pasaría la noche inadvertida. Por la mañana investigaría el salón asignado al profesor de «Historia de la humanidad». Peter C. Farrel se tomaba muy en serio el papel de garante del ser humano, estando a cargo de aquella asignatura. Conservar y preservar el componente humano de sus tecnológicos alumnos era materia obligada de la malla curricular, y el profesor, reconocido en la defensa de aquella postura, disfrutaba provocando debates con preguntas como: «Cuantitativamente, ¿cuál es el límite que un humano cruza para dejar de serlo a causa de los implantes cibernéticos?».

* * *

¡Nada de mal! J3n chequeó los ocho coma siete días restantes en su reloj mental. Esperó a Peter en la entrada de la sala antes del comienzo de la clase.

—Hola profe, ¿se acuerda de mí?

—¡Cómo olvidarme de mi alumna estrella! —sonrió, aunque a J3n la sonrisa le pareció algo extraña—. ¿Y esta visita?

—Estoy pensando en un posgrado. ¿Le molesta si entro a su clase?

—Mientras te comportes y te mantengas en silencio… —contestó el profesor ampliando más la mueca, y mencionando, casi para sí mismo, las discusiones en las que se enfrascaba con su alumna, y que ya eran leyenda entre los más nuevos.

Durante la clase, J3n no dejó de pensar en por qué aquel hombre valía tanto dinero. Un millón de dólares era demasiado por alguien aparentemente tan recto y honesto. Se le escapó un «sí» en medio del análisis que C. Farrel hacía respecto de los implantes cibernéticos y este la reprochó con una mirada amistosa. Aunque se convenció de que nada malo podía venir de él, también pensó en lo mucho que necesitaba la recompensa de Quodyne Co.

Terminada la clase, J3n lo invitó a la cafetería. El profesor no tocó el cappuccino que ella pidió sin preguntar. Terminó tomándose los dos. La conversación, sin embargo, y el espíritu altruista de C. Farrel, sirvieron para que la dejara pasar esa noche en su casa. El resto del día lo continuaron separados, ella averiguaría sobre el posgrado —al menos eso le hizo creer—, mientras él continuaría con sus clases.

J3n aún guardaba la tarjeta que la identificaba como alumna y fácilmente accedió a uno de los computadores de la biblioteca. Una vez en el sistema, intervino el *hotspot* de red pública ubicado junto a la cafetería, para redireccionar el origen de las llamadas que desde allí se emitieran por un tiempo corto y limitado, de tal manera que, cuando lo utilizara, su localización no pudiera ser detectada.

—¿Tiene noticias? —preguntó una voz al otro lado del comunicador.

—Tengo a su hombre —J3n pretendió un tono de voz grave y masculino.

—¿Cómo dijo?

El mensaje había sido enviado solo a hombres, por lo que la voz sonó asombrada.

—Digo que su recompensa ya tiene dueña.

El auricular no recibió sonido por un par de segundos.

—¿Por qué lo buscan? —indagó J3n, nerviosa frente a ese silencio.

—Sin preguntas. Solo le diré que está enfermo, de gravedad, y que él no lo sabe. Debe traerlo. Si es antes del plazo, tanto mejor.

—Lo haré, pero... quiero al menos la mitad del dinero a las cinco en punto. En punto —recalcó.

La única forma de que el *hackeo* funcionara, y pudiera hacer un movimiento de entrada y de salida, por el mismo monto, en una cuenta bancaria que no era la de ella, era esa. Se vería como un error de digitación y no una transacción comercial. Se arriesgó con aquella petición, pero después de enviarle una fotografía del buscado a su interlocutor, este no tuvo más opción que ceder.

A las 7 de la tarde se dirigió con el profesor al departamento. El señor Farrel no evidenciaba enfermedad alguna. Chequeó su reloj de cuenta regresiva: ocho días y medio.

La vivienda no parecía la de un hombre de su edad, unos cuarenta y ocho años a juicio de J3n. Parecía más bien el departamento piloto de un proyecto inmobiliario. Pulcro, impecablemente nuevo: dos ambientes con muy poco ambiente; en la sala de estar nunca había estado nadie, aparentemente. Una verdadera foto de catálogo y un escenario poco consecuente con su discurso ultra humanista. Por supuesto que no existía una señora Farrel, ni hijos Farrel, ni siquiera un gato o un perro.

Intercambiaron un par de ideas ante de irse a dormir. El profesor no le ofreció café ni nada por el estilo. Pronto él entró en la pieza y ella se quedó en el diván del estar.

A las dos de la mañana J3n se despertó con la boca seca. Por la puerta entreabierta de la habitación de Peter salía un haz de luz. El refrigerador estaba vacío. De hecho, le pareció probable que aquella fuera la primera vez que lo abrían. El vaso que sacó de la alacena aún tenía la etiqueta con el código de barras adherido. Lo llenó con agua de la llave. Enfocó el lente macro de su ojo derecho. La fuente de la luz que emanaba del dormitorio venía de los ojos del profesor. Los tenía fijos sobre la pared, igual que el foco de alta de su moto contra el muro de estacionamiento. La espalda recta, ambos antebrazos apoyados sobre la mesa y las manos al costado del teclado del computador. Con la mano derecha sostenía un cable. Activó el zoom y se dio cuenta de que no lo estaba sosteniendo sino que, mediante ese cable, él estaba conectado al enchufe de la pared. ¿Se estaba recargando? Era acaso… ¿un androide de Quodyne Co.?

* * *

La voz que había contestado el *hotspot* era el responsable técnico de Peter, o 7997-S6000, su nombre verdadero. Un grave error lo había llevado a perder contacto y debía encontrarlo antes de que sus superiores se enteraran. Una falla en uno de los procesadores de 7997-S6000 estaba causando una corrupción progresiva de la información almacenada, y lo que era peor, estaba afectando el código de la memoria que le permitía auto respaldarse. Lamentablemente, los androides no sienten cuando están enfermos. El espejo del androide que Quodyne tenía en el laboratorio, y que era capaz de simular una realidad virtual, extrapolaba las implicancias futuras de esas fallas. La conclusión era tan terrible como definitiva.

A diez días del primer error (que ya había destruido los respaldos) y en exactos trescientos milisegundos, se eliminaría cualquier rasgo de información de forma irreversible. Reconstruir todo resultaría imposible.

* * *

J3n dio vueltas al departamento mil veces, pensando en la enfermedad del profesor… del androide. Quizá pudiera estudiarlo e intentar usar sus habilidades para «mejorarlo», pero le llevaría más tiempo que los ocho días que indicaba la misión. El resto de la recompensa, y por consiguiente, el sueño de arrendar el orbital, no podían ser puestos en riesgo.

Despertó sobresaltada al mediodía del día siguiente. En la mesita de arrimo junto al diván había una nota. «Preferí dejarte descansar. Llego a las siete».

Sintió que la operación se estaba enredando y no pretendía, después de haberse alejado de los líos, meterse en otros. Debía llevárselo ya. Entró a la memoria del computador de Peter y lo intervino. Demoró cinco horas en diseñar un nuevo protocolo de conducta.

A las siete de la tarde J3n esperaba al androide apoyada en la moto, en la entrada del edificio.

—¿Qué tal su día, profe?

—De lo más corriente. Sin duda, menos interesante que el tuyo —dio unos golpecitos en la manilla del acelerador.

—Nada, profe. Crecí y estoy más tranquila. Mañana me confirman lo del posgrado y ya no lo molestaré más —mintió ella.

—No te preocupes, J3n, sabes que si en algo puedo aportar a tu futuro, lo hago encantado.

—¡Ay, profe, gracias! Me gustaría retribuirle su atención. ¿Qué le parecerían unos días en el norte para devolverle la mano?

—Vaya si me vendrían bien una vacaciones.

—En Copiapó no hay mucho que hacer, pero unos amigos tienen una cabaña en Bahía Inglesa y, ya sabe, en la moto llegamos de una patada.

—Suena fantástico, J3n…

—Entonces, ¿partimos mañana temprano? —lo interrumpió.

—No te apures, pequeña. Aún me quedan ocho días para terminar el semestre y tal vez...

Peter cumplía su labor. Resguardar el conocimiento (el principal patrimonio de la humanidad), era la misión encomendada. Había firmado contrato con la universidad y no podía violar uno de los instrumentos básicos de compromiso del género humano, solo por querer unas vacaciones. Sin embargo, a J3n le quedaban siete días y medio para entregarlo a Quodyne Co. y si el semestre terminaba en ocho días, la invitación a Copiapó ya no le servía de argumento.

* * *

A las 2 de la madrugada J3n verificó que P. C. Farrel estuviera recargándose. Digitó un código en el computador. En la pantalla se sucedieron, veloces y agrupados, centenares de caracteres que parecían seguir una lógica. Luego, con el rostro impávido, salió de la pieza.

A la mañana siguiente, Peter permanecía sentado con los ojos fijos en la pared cuando ella ingresó nuevamente.

—Debemos irnos —dijo J3n mientras quitaba el conector que unía la muñeca del profesor a la corriente.

—En seguida —contestó un obediente 7997-S6000.

—Espéreme junto a la moto —le ordenó.

El androide lucía como el Peter C. Farrel de siempre, así que la chica no fue capaz de tutearlo.

Esperó a que traspasara el umbral de la puerta y dio una mirada general al departamento, tal como lo había hecho en el departamento de C4ge. Chequeó el tiempo en su reloj-ojo de cuenta regresiva y, con satisfacción, sonrió. Estaba adelantada en el plazo de entrega.

Le pidió al profesor que se subiera a la moto y que se sujetara. Debido a que cualquier intento de interacción fue respondido con monosílabos, el trayecto hacia las oficinas de Quodyne Co. se desarrolló de manera silenciosa. Rápidamente la mente de J3n fue ocupada por las fotos que promocionaban los orbitales y ella jugó seleccionando el estilo con el que decoraría el suyo. A ratos miró por el espejo retrovisor buscando el rostro del profesor Peter

C. Farrel, y agradeció que lo único encontrado fuera la expresión del androide.

M. Lorena Leigh López

EL RINCÓN DEL VAGO

http://html.rincondelvago.com/otelo-willian-shakespeare.html

J3n llama insistentemente por mi intercomunicador, siempre lo hace aunque sepa que casi siempre tardo en responderle, sobre todo si me encuentro en medio de una meditación. Estaba tan emocionada con la instalación de la última versión del orbi-theatre que quería probarlo de inmediato, con un viaje a donde fuera, y conmigo de co-piloto virtual. Al abrir la puerta, le veo un pequeño control remoto en una mano y un cable óptico en la otra.

—¿Y bien? —pregunto.

—Acompáñame y verás.

—¿Tengo que ponerme eso necesariamente?

—¡Ay!, Castaña. Serán solo unos minutos –bien sabía ella cuánto me molestaba conectarme esos alambres al cerebro, por minúsculos que fueran.

Apenas te conectas al V-Trip se despliega, en tu cabeza, una pantalla panorámica de ciento ochenta grados, que requiere que la gires de lado a lado si no quieres perderte los detalles. Según la demo inicial, solo se debe seguir las instrucciones del guía interactivo y el viaje virtual, al lugar que escogiste al comienzo. Si te asaltan dudas, debes apretar la tecla con la leyenda «push to talk», y preguntar.

—Vaya con tu juguetito nuevo —le digo desenchufándome el cable.

—No te lo saques. Viene con un viaje a Urano incluído. Aun no compro otro porque el catálogo de lugares es demasiado extenso y quiero verlo con calma —explica entusiasmada—. ¿Me acompañas?

—¿A Urano? Así como que me muero de ganas...

—Dale, será rápido. Iremos a la misma velocidad del Voyager 2.

—¿A la misma velocidad de quién?

—En 1986... Sé que no suena como la gran cosa pero... las lunas de Urano... ¡Ay, sus lunas!

La felicidad de J3n le sale por los poros y le pido que me cuente más, dilatando el momento de conectarme de nuevo el cablecito.

—Tiene más de veinte satélites, el Voyager 2 descubrió diez justo ese año, el 86.

—Para qué ir si sabes tanto, esperemos a que compres...

—Es que sus lunas, Castaña. Te mueres lo que son sus lunas.

—¿El V-Trip nos llevará hasta ellas?

—De seguro —dice, mientras asiente al mismo tiempo con la cabeza—. La mayoría fue bautizada con los personajes femeninos de Shakespeare y Pope: Julieta, Miranda, Desdémona…

—¿Dijiste Des-des-dé-mona? ¿la de O-otelo? —el solo nombre me produce escalofríos.

—Amiga, ¿estás bien? De pronto te pusiste transparente.

Conocí a J3n cierto día en que coincidimos en el orbimarket. Debió ser hace casi un año, poco después de que ella llegara a vivir al orbital, al módulo contiguo al mío.

Intenté darle la bienvenida de cortesía varias veces, pero cada vez que me acercaba a su puerta, la luz azul de su intercomunicador que indicaba que estaba conectada, se encontraba encendida. Sin embargo, era probable que fuéramos las últimas humanas a las que les gustaba la leche descremada, y en aquella ocasión, que quedaba solo una botella disponible, en vez de disputarla, aproveché de presentarme y proponerle que la compartiéramos. Ella aceptó y subimos juntas al conducto transportador para, una vez en mi módulo, trasvasijar mi mitad a un contenedor idéntico, que mantenía en el reciclaje. Tras unos minutos de charla dedicados a lo insípidos que resultaron ser los sustitutos de la leche en formato de comprimidos, entendimos que nos habíamos caído bien y continuamos conversando por horas. Y es que vivir lejos del repugnante aire de la tierra tenía, por un lado, el beneficio de ser más saludable, pero por el otro, la contra de ser un lugar muy solitario. Así que comenzamos la dinámica de juntarnos un rato todos los días. Un día en su módulo, en el mío al siguiente. Compartiendo nuestras actividades que no pudieron ser más distintas y opuestas.

Ella me mostró cómo pasaba sus días en la superficie terrestre gracias a los cientos de videos y hologramas que atesoraba como hueso santo. Y así descubrí a una apasionada y brillante mujer, experta en el campo de la cibernética, que solo extrañaba manejar su motocicleta. Por mi parte, con el tiempo, y gracias a los aromas de mis inciensos y mis velas naturales para distención del cuello, llegó a aceptar mis ritos y en cierto modo apreciar mi estilo de vida esotérico. De vez en cuando, incluso, le leía las líneas de la mano o el tarot. Pero nunca llegamos tan lejos, y quizá inconsientemente, lo de Desdémona ni siquiera lo llegué a pensar.

Por culpa del V-Trip ahora no me queda otra opción que contarle.

—Desde que leí la obra, empecé a tener pesadillas con la famosa y desdichada mujer. Rondaba de tal forma en mi cabeza que evitaba dormir para no tener que soñarla. Me vi las cartas, el aura, la borra del café. Acudí a los mejores mentalistas porque mis habilidades no me eran suficientes. Lo último fue una regresión…

—Yaaaa —exclama J3n con sarcasmo—. Y entonces resultó que fuiste ella.

—Exactamente. La psicoanalista descubrió que esta de ahora corresponde a mi segunda vida.

—Disculpa —se excusa incrédula al mismo tiempo que googlea Otelo en su computador—, pero no recuerdo muy bien la historia.

Los minutos que pasa tecleando y leyendo se me hacen eternos. Se me levantan los vellos de los brazos y ni siquiera me atrevo a mirar la pantalla.

—¿Me vas a decir que tuviste que esperar cuatrocientos treinta y dos años para volver a la vida? —pregunta seria.

—¿Te das cuenta de lo triste que es mi realidad? —contesto con otra pregunta.

—A lo largo de ese tiempo hay gente que ha tenido hasta cuatro vidas, ¿No te lo dijo tu psicoanalista?

—... —solo la miro con resignación.

—Mira —dice moviendo el cursor—, aquí en el rincón del vago punto com hablan de ti, digo, de Desdémona, un poco, pero en la lista con los personajes importantes ni siquiera te mencionan.

—¿Cómo no? —ahora sí me acerco a la pantalla— ¡Es el colmo! El net-runner que escribió el artículo no debe ser muy inteligente.

—La página es del 2005 y nunca ha sido actualizada. Me temo que el webmaster, como se llamaban entonces, debe rondar los setenta años, si es que no está muerto.

J3n sigue leyendo y yo divagando.

—He estado en boca de todos y nunca tuve un juicio justo.

—¿Puedo preguntarte algo, amiga? —dice J3n sin sacar la vista del computador—. ¿Cómo te fuiste a enamorar de una bestia como esa?

—¡De tonta no más!

—¡Con razón a tu viejo no le gustaba! ¿O fue por el color de su piel?

—Yo creo que más bien era una cuestión social… La discriminación racial en esos años… No estoy muy segura. Pero que amé a ese moro con el alma entera, sí que lo amé.

—En este otro sitio dice que las mujeres inolvidables de Shakespeare fueron: Lady Macbeth, Julieta y Ofelia. A ti te describe como «algo más borroso» —y termina de leer el artículo con un tono exagerado y teatral—, «…como quien sustentó el monstruoso error y sirvió de receptáculo a las proyecciones del delirio de infidelidad. Los celos cobraron después su deuda en carne. Que se lo pregunten si no a la bella veneciana…», al menos dicen que eras bella.

—Él se enfermó, J3n. De celos. Los celos siempre obraron igual. Le creyó más al desgraciado de Iago, quien le robó a la Emilia un pañuelo que era mío y lo usó como prueba. Mi doncella… otra tontorrona enamorada. El amor te deja ciega, ¿sabes?

—Y muda también, parece. ¿Por qué no te defendiste? Te hubieras separado, fugado… ¡algo!

—Es que… él era todo para mí. ¡Todo! Si no me creía, nada tenía sentido. Habría dado mi vida por él.

—¡Eso hiciste! O sea… ¡no! No se la diste. ¡Te la quitó! Primero te acusó de prosti y luego te mató. Y ahora te haces la ofendida con el pobre net-runner por no catalogarte como personaje principal. Perdiste las proporciones ¡qué quieres que te diga!

—Tienes razón —digo exhalando todo el aire y bajando los hombros.

—Tu vida como Castaña terminará mucho mejor, ya verás.

—Vamos a viajar lejos, mejor —le digo decidida a dar vuelta la página—. Disfrutemos de tu nuevo juguete que se ve increíble —a esas alturas ya lo creo de verdad.

—Más le vale que lo sea porque harto caro me salió —contesta entendiendo perfectamente mi mensaje de no querer ahondar más en el tema.

Conectamos los cables a nuestras cabezas y el recorrido comienza. Alcanzamos una velocidad de ciento diecisiete kilómetros por hora así que muy pronto llegaremos a mi ex tocaya. Yo, aunque logro divertirme, espero ansiosa el encuentro con la famosa quinta luna.

—A 26.600 kilómetros de Urano se encuentra Desdémona —escucho, por fin, decir a la voz del presentador—, la quinta luna en descubrirse de un total de veintidós.

Y pocos segundos después, se despide: «Esperamos que haya disfrutado su viaje virtual y le recordamos que, en su primer mes de membresía, tendrá el cincuenta por ciento de descuento en todas sus compras y arriendos.

Nuestra recomendación de la semana: *Concepción en motocicleta*».

—¡¿Qué?! —salto de mi asiento desconcertada—. ¿Eso es todo lo que dirán de mi ex yo?

—¿No dirán nada más de Desdémona, míster V-Trip? —pregunta J3n por el *push to talk*.

—Eso es lo que hay —contesta el aparato.

—¿No tienen «una» imagen, siquiera?

—Pues sí, las hay, pero demasiado vagas. Desde que fue descubierta, Desdémona se ha mostrado un tanto… borrosa.

M. Lorena Leigh López

PURÉ DE CASTAÑA

Una cosa era que J3n aceptara integrarse al singular círculo de amigas de Castaña, y otra totalmente distinta que prestara su módulo para la reunión de ese martes. Hay que entender que los espacios destinados a vivienda en el orbital son bastante reducidos y si no se está acostumbrado a recibir mucha gente —entendiendo como mucha, una persona además de una persona—, el caos está predestinado.

Esa palabra la había sumado a su vocabulario después de las constantes tertulias, los primeros martes de cada mes, con las amigas de Castaña. Todavía hoy se pregunta qué hace entre un grupo de chicas con tal desbordante nivel de esoterismo, vestidas con un estilo que ha denominado como *HiHi*; una equilibrada mezcla de hippie y de hindú que incluye las sandalias de tiritas, faldas que de tan largas impiden ver los tobillos, entretejidas con hilos dorados, cinturones de soga en color crudo, y camisolas sin forma del mismo material con que están hechos los sacos de papas que vendían en Concepción pero que a su amiga le gusta llamar bambula.

La pillaron desprevenida cuando preguntaron ¿...y el próximo martes, dónde *nos toca?* Y le pareció oportuno ofrecer su módulo, por primera y quizás por última vez. Y se arrepintió de inmediato pero trató de conformarse pensando que sus preocupaciones de todos los días quedarían fondeadas con ese *light hour* mensual. Por otra parte, lo más seguro era que las ganas de esas mujeres, de juntarse otro martes allí, se diluirían una vez que lo conocieran.

Su vecina llegó a la hora prevista con un aromático *kuchen* de manzanas y un puré de castañas haciéndole honor a su nombre. Minutos después, la pantalla del intercomunicador acusó a las otras tres invitadas que llegaron juntas: Celeste, Paloma y Romina. Cada cual con el aporte más sano y natural que se le pudo ocurrir; agua *requetecontrapurificada* y té verde, tofu con soya y especias, tapaditos de carne vegetal, y las frambuesas más caras de todo el orbital. Aunque existieran las hidropónicas, ellas preferían pagar un ojo de la cara por aquellas apenas llegadas el día anterior, después de atravesar la troposfera, la estratósfera y la mesósfera, con tal de que fueran frescas, muy frescas.

J3n, para esas ocasiones, y rememorando sus antiguos y terrenales *happy hours*, se aprovisionaba con dos o tres latas de su cerveza favorita.

Todas las veces que se juntaron, Celeste, Paloma y Romina miraron a J3n de pies a cabeza con un disimulado gesto de interrogación y lástima. Y esta vez no fue diferente. A las tres les daba pena —Castaña la había puesto al corriente— que en su equipaje no hubiera traído más atuendo que esos gastados y ajustados jeans. Aun cuando la forma de mantener aquella polera de algodón siempre tan blanca, contrastando permanentemente con la chaqueta de cuero negra, fuera digna de imitación.

—Pobrecita, el pie no le puede respirar —se decían, al terminar de auscultarla, comparando las zapatillas de caña alta que usaba J3n con sus chalas de tiritas.

Eran ideales para proteger sus tobillos cuando montaba la moto y ahora que no la tenía, guardaban un valor sentimental. Algún día quizá se diera el tiempo de explicarles que tenía cinco pares de zapatillas idénticos, y que las poleras blancas sumaban más de diez.

—Es lindo pero… yo le daría un poquito más de color —comentó Paloma, sobre un módulo que, así como la ropa, le pareció demasiado tecnológico y metálico.

—…y calor —agregó Romina.

—Regálale un par de cojines de *patchwork* hechos por ti, Paloma —concluyó Celeste.

Las amigas se sentaron en los pisos de resina transparente que J3n tenía en torno a una mesa de aluminio. Mientras que ella optó por su cómoda silla del computador.

—Les tengo que contar algo —dijo Celeste con un tono coqueto—. Se trata de… hombres.

—¡Cómo te brillan los ojitos, amiga!, qué nervios —dijo Romina.

—¿Prefieres que nos lo cuenten las cartas? —interrumpió Castaña.

Todas, excepto J3n, asintieron. Entonces, corrieron platos, vasos y todo lo que les estorbaba de la mesa. Más de una cosa fue a dar al escritorio del computador o a las manos de J3n, y Castaña empezó a barajar.

—Corta en tres, Celeste.

—¡Concentración! —dijeron Romina y Paloma al unísono.

—Conociste a un hombre —aseveraron las cartas en voz de Castaña—, joven y muy apuesto.

—Muy... —recalcó Celeste.

—Recién llegado al orbital —prosiguió Castaña, es decir, las cartas.

J3n, apenas pendiente del procedimiento tarotístico, aprovechó de probar el puré de castañas.

—Estaba en el *market* —Celeste no se aguantó de contar el encuentro ella—, esperando a que descongelaran las frambuesas, y me pedí un *decaf.* Un tipo, desde la esquina, me sonrió y levantó su vaso, ya saben, haciendo un 'salud'. Y yo, bueno... le respondí. Rápidamente se me acercó y se sentó a mi lado.

—¡Aaaaahhhh! —todas, excepto J3n, suspiraron como si fueran miembros de un Fan Club.

—Dijo que le había encantado mi forma de pedir las frambuesas. Me encontró tan tierna, creo que dijo delicada, sí, esa fue la palabra que usó.

—¡Aaaaahhhh! —volvieron a suspirar.

—Por supuesto que eres delicada, amiga —sentenció Paloma.

J3n, en cambio, habría dicho 'pava', con un tono amoroso, claro; inocentona, *naif*, o cualquier sinónimo de pava.

Se atropellaron unas a otras preguntando: ¿Qué hace? ¿Lo volverás a ver? ¿Intercambiaron contactos? Y Castaña contestó con sus cartas a cada una, porque según ella, el tarot ofrecía todo tipo de respuestas a todo tipo de preguntas, hasta que el ¿cómo se llama? fue formulado. Castaña intentó dar alguna respuesta, pero incluso a la carta más inteligente le costaría dar con él. El resto, incluida J3n, miraron entonces a Celeste para una respuesta certera.

—Keiy, o algo así.

—¿Cómo que algo así? —preguntó Romina—. Conoces al posible amor de tu vida y ¿se te olvida el nombre?

–¡Nadie puede! –renegó Paloma.

–No se me olvidó, solo que no se cómo pronunciarlo. Miren, me lo escribió en esta servilleta –les mostró el papel mientras ella, con piso de resina y todo, parecía estar flotando.

Una a una se pasaron la servilleta y cada una dijo el nombre como le pareció. J3n, a quien bien poco le importaba el asunto pero dado su rol de anfitriona, lo recibió igual, cuando llegó su turno leyó: C4ge.

Sobresaltada, se conectó un chip en la nuca y digitó el nombre en el computador. Le resultaba imposible que su ex novio estuviera en el mismo orbital porque lo conocía bien y sabía que a él nunca le había gustado la idea de despegarse de la tierra. Las descripciones mencionadas por Celeste hasta ese momento coincidían, pero había pasado más de un año y J3n no había vuelto a saber de él. No. No podía tratarse del mismo C4ge.

—Hay algo que no les he dicho… y es que él es un poco… distinto —agregó Celeste.

—Tiene un brazo cibernético.

—¡Queeeeeé! —el grito fue al unísono, excepto el de J3n.

—Y también un ojo.

—¿En serio? ¿Cómo pudiste siquiera mirar a alguien tan… tan… inhumano?

J3n se quedó petrificada, con su brazo y su ojo también inhumanos, sin nada que decir.

Era su antiguo novio y, sin duda alguna, J3n era su objetivo. Quodyne, la empresa gracias a la cual financió su mudanza al orbital, o incluso el mismo profesor androide, seguramente la delataron sin querer.

—Según él, viene por negocios un tiempo corto, pero en una de esas lo hago cambiar de opinión. ¿O no? —preguntó Celeste con los ojos entornados.

Los códigos bajo los cuales C4ge se movía, le imponían recuperar aquello que consideraba robado. Pero si J3n no hubiera echado mano a esos archivos, jamás se habría enterado de la millonaria búsqueda que la llevó hasta ahí.

—Son malos negocios —sentenció Castaña—. El tarot no miente, aléjate de él.

J3n reafirmó mentalmente lo dicho por las cartas, porque C4ge nunca se caracterizó por la limpieza en sus trabajos. De concretarse, este sería el más sucio de todos.

—Ya, cambiemos de tema, niñas, no nos juntamos solo para hablar de *affaires*. No te lo habrás tomando demasiado en serio, ¿verdad?

Paloma encendió una varita de incienso, de ruda y romero, para alejar las malas vibras. J3n buscó por todos los recovecos de la web, digitó una y otra vez, repitió algunos códigos que creía olvidados. Necesitaba descubrir qué nuevos implantes se habría hecho C4ge y qué herramientas podría usar en su contra.

—¿Llegaron tus esencias nuevas?

—Yo tengo que mostrarles la seda color sandía que encargué.

C4ge no la quería para llevarla de regreso, precisamente. Para su mente retorcida, la traición se pagaba únicamente con la vida y J3n trataría de… tenía que impedirlo. El problema era que eso significaba dos cosas: matarle primero o dejar el orbital.

—¿Alguien quiere más té verde?

Flechette. Esa es la única alternativa. No se pueden usar armas explosivas en el orbital pues provocarían un gran desastre. Pero las flechettes, una especie de mini dagas o balines de goma que se incrustaban en la piel, con gran alcance y precisión, eran otra cosa.

–¿Tienes un poco más de miel?

J3n hizo doble clic, digitó el número de su tarjeta de crédito, cerró el programa y saboreó nuevamente el puré de Castaña.

M. Lorena Leigh López

La misma letra

Contemplo el interior de la bodega bajo la plena conciencia de estar tentando a Diógenes y a su mal, constantemente. Empujo una caja con el pie, procurando que la que cargo en el brazo calce junto a ella, pero no hay caso. Necesitaré deshacerme de alguna. Tal vez de la que he movido y cuya etiqueta se ha desprendido con facilidad. Reza los años 1980-1983 y los recuerdos que me evoca, me hacen dudar. Recorro los estantes: «Atari 2600 y cables» dice otra etiqueta, «UTFSM» la que está más atrás. Sin encontrar una mejor alternativa, tomo aquel desprendimiento como si hubiera sido un signo y me llevo la caja para etiquetarla apropiadamente una vez más.

La dejo sobre la mesada del comedor de diario, en la cocina, y saco del cajón a mis espaldas un talonario de post-it, un plumón de pizarra y la cinta adhesiva. Siento un leve hormigueo en la yema de los dedos cuando pego la nueva etiqueta al costado de la caja y ubico el tacho de la basura, abierto, con una bolsa nueva, junto a mis pies. Creo estar preparada para enfrentarme al contenido al levantar la tapa de la caja elegida.

Lo primero que asoma es el cuaderno de Matemáticas que usé en el preuniversitario y, aunque me hubiera servido para sacar 724 puntos en la Prueba de Aptitud Académica, no había una razón de mayor peso para seguir guardándolo. Le digo adiós.

Una caja metálica del tamaño de un paquete de cigarrillos, de color fucsia intenso, me hace percibir el aroma a fresas de las barritas planas de chicle gringo, aroma imaginario por cierto porque, evidentemente después de tanto tiempo, los boletos de micro que contiene no lo pudieron retener. La mitad de los boletos parecen planchados, estirados como pétalos de flores guardados en las páginas de un libro. El otro cincuenta por ciento está convertido en «torpedos», enrollados como pitillos de papel de arroz, y en el reverso, con letra diminuta pero perfectamente legible, escrita la materia de distintas asignaturas. Resúmenes listos para ser utilizados en alguna prueba coeficiente dos. Son una pequeña y verdadera obra de arte, sonrío, y como los boletos que solían imprimirse en la Casa de Moneda ya no existen más, y estos apenas ocupan espacio, decido que se quedan.

La letra de *Fernando*, la canción que en su momento coincidió con el nombre del noviecito de turno, también está escrita a mano. De manera inconsciente miro la pequeña pizarra magnética que pende del refrigerador, donde suelo anotar el menú para la semana, y constato que mi forma de escribir no ha cambiado tanto en treinta años. Me pregunto si Fernando habrá continuado con su Carrera Naval y me lo imagino en posición firme, vistiendo su uniforme de gala, impecable, como cuando me pasó a buscar para ir a la única fiesta de la Escuela a la que lo acompañé.

La revisión me tomará más tiempo del que he calculado y lamento no tener a mano el disco de Abba. Sonrío y saco una botella de vino para acompañar los recuerdos.

—Quien a solas se ríe, de sus maldades se acuerda —dice Rosita que entra de golpe con el matamoscas en la mano.

—Me asustaste, mujer.

—¿Va a querer que le deje algo hechito para mañana? —pregunta y abre las portezuelas de debajo del lavaplatos.

—Empanadas —le contesto de inmediato.

Así se refería a Fernando, la Pepa, mi mejor amiga por mucho tiempo. En realidad, todo Viña llamaba de esa forma a los cadetes de la Escuela Naval porque, tal como las típicas masas, solo gozaban de franco los días domingo. ¿Seguirá siendo así? Era tan natural ver la salida de la misa de las doce en Las Carmelitas, plagada de gorras blancas.

—¿Las quiere de pinito o de queso?

—De pino, Rosi. De pino.

—¿Y le dejo unas papitas peladas también?

«No sé cómo lo haces, yo jamás podría salir con un pelado», me repetía la Pepa a diario.

—¿Señora?

—¿Qué pasa?

—¿Unas papitas peladas?

—No, Rosita. Con las empanadas estaré bien.

Por alguna razón, cada vez que la Rosi me ve sentada en «su» cocina, le entran las ganas de conversar. Menos mal, en los cinco, tal vez seis años que lleva conmigo, nunca se ha quejado de mi déficit atencional. A lo más me suelta la frase: «Ya se me puso poema quince», aprovechando de delatar su gusto por la poesía.

—Tan poquito que come pues, señora, no ve que después me la pelan en el barrio y dicen que anda con la anorexia.

Esa alusión me lleva de nuevo a Pepa, que era flaca como una tabla, pero como había hecho un curso en la Academia de Modelos Gilmar, le enseñaron a sacarse partido. Siempre se veía linda, y sus ojos verdes eran lo que primero llamaba la atención. Sin embargo... su gran «pero» era que no caía muy bien. Viéndolo en perspectiva, decir que no saldría con un pelado era ponerse el parche antes de la herida. Hasta donde recuerdo, ninguno nunca siquiera se le insinuó. Al contrario, alguna vez Fernando trató de presentarle a un compañero y la Pepa parecía querer espantarlos con su pesadez. Si hasta su mamá le decía «lingote», y por el tono, no era precisamente por lo valiosa. Pero me tenía a mí, la irresistible y simpática gordita, buena para la talla y para pasarlo bien.

—¿En qué maldad anda usted?

—¿Por qué dices eso, mujer? —Rosi me hace sentir en evidencia.

—¿No me va a decir que a veces no se le ocurren cositas malas? —responde burlona.

—Nada, mujer —le doy un sorbo al vino—, solo estoy botando cosas viejas.

—Ahí está entonces, pué, tanta mosca debe estar saliendo de la bodega —saca el insecticida y se lo lleva—. Pero igual, esa carita de pilla no se la quita ni el Papa.

En el interior de una bolsa sellada con cinta de embalaje, se deja ver el color verde musgo de unos pantalones pinzados de cotelón. ¿Cómo no reconocerlos? Si les tuve ganas desde que la encargada se los puso al maniquí de la vitrina. No me atreví a probármelos hasta que la Pepa me animó.

—¡Galla! —dijo—. Es que nadie en todo el planeta se va a ver mejor que tú.

Era tan exagerada y teatral.

—No sé… Tienen rayas… —a causa de mis rollos, en esa época, yo solo usaba faldas.

—Pero son gruesas y verticales, gansa. Esas adelgazan —me aseguró haciendo el gesto de cintura de avispa con las manos—. Dale, pruébatelos.

Entré al probador, que parecía la entrada a una cantina del viejo oeste, y por sobre la puertecita batiente me pasó además una blusa a cuadritos que le hacía juego. Tenía el cuello blanco estilo mao y los puños también blancos con un botón. Por último, me alcanzó unas botas vaqueras color tabaco, con unas líneas pespuntadas por tachuelas. Muy llamativas para mi gusto pero que de acuerdo a sus palabras le daban «el toque final» a la tenida.

—¿Qué tal? —pregunté por fin.

—¡El des-cue-ve! —dijo, más alharaca todavía—. Es la tenida perfecta para el cumple del Miguel.

A ambas nos cambiaron el mismo año de Las Monjas Francesas al Saint Dominic. De colegio de niñas a colegio mixto en Sexto Básico. Pero llevábamos tres años curtiéndonos en los malones que organizaban los compañeritos de curso. El cumpleaños de Miguel sería distinto. Era la primera vez se sumarían chicos del Saint Peter's y del Mackay. A dos de ellos los veíamos seguido en la pista de patinaje de Las Salinas: el Toño y León Pablo. También los íbamos a ver cuando jugaban Rugby en la cancha del colegio en Reñaca. No podíamos llegar separadas, ¡qué plancha! Así que nos pusimos de acuerdo para llegar a la fiesta a la misma hora.

Quedamos de juntarnos en la esquina de Álvarez con Von Schröeders. Mientras la estaba esperando, aparecieron los bombones. El Toño, con su lunar en la mejilla y su mirada café oscura y profunda. Y León Pablo con los ojos color calipso y una melena que le hacía honor al nombre.

—¡Guau, media pinta! —dijo Toño y solo atiné a sonreír y mirar las tachuelas de mis botas.

Me tomó del brazo y me ubicó al medio de los dos para caminar la mitad de cuadra que nos separaba de la casa de Miguel. Muerta de vergüenza, entré cuando ambos hicieron el ademán. Los primeros en llegar ya habían sacado la alfombra para poder bailar y habían colgado una bola de espejos pequeños, como la del Topsy, al centro del living. Toño me tocó el hombro y con un nuevo gesto me invitó a bailar: *September, do you remember?* No recuerdo en qué momento del año se realizó esa fiesta pero, por los pantalones de cotelón, asumo que no fue en primavera… aunque sí puedo volver a sentir las mariposas de septiembre que revolotearon en mi estómago.

—¡Están muy choras tus botas! —fue lo primero que dijo medio gritando para que lo pudiera oír, y a mí las rodillas se me hicieron de lana.

Estaba ansiosa. Quería compartir mi emoción con la Pepa y darle las gracias por inventarme y convencerme de la tenida, pero ¿dónde se había metido?

A Earth, Wind & Fire le siguió Boney M: *Ma Ma Ma Ma, Ma Baker, but she knew how to die.* Detuvimos el baile una sola vez porque el Toño me ofreció algo para tomar y fue a buscar dos piscolas.

Los lentos empezaron con *Baby, I love your way*, y como toda una *lady* apoyé mis manos sobre los hombros del Toño como si estuviera a punto de empujarlo. A la segunda canción: *Lost in Love*, me rodeó por la cintura y yo me colgué de su cuello, literalmente. Olí su colonia Vetiver. Quería que se me impregnara su olor en la punta de los dedos y se me cerraban los ojos de puro éxtasis. Solo los abría cada tanto para ver si llegaba la Pepa.

Cuando la vi, estaba en la entrada con una mano empuñada en la cintura y la otra apoyada en el marco de la puerta. Sonriente. Con esa sonrisa que tienen los triunfadores. Yo, por el contrario, sentía que mi cuerpo se transformaba en una escultura de Rodin, volviéndose cada una de mis células en la estructura molecular del bronce. En el living de Miguel habían instalado, sin darme cuenta, la Casa de los Espejos. Y yo me estaba reflejando en el que te hace ver más flaca. Podía distinguir *mis* pantalones verde musgo, *mi* camisa a cuadritos y *mis* botas vaqueras tachonadas. No era un espejismo, ni efecto de la poca luz reinante, ni mi imaginación. Era la Pepa.

—¡Asquerosa! —grité con mis labios todavía rozando la oreja del Toño.

Él me empujó con rudeza y con el tímpano en la mano giró sobre sí mismo. Mi «amiga», luciendo exactamente el mismo atuendo que yo, nos provocó babear a ambos con sensaciones tan distintas: a mí de asco y a él de ganas.

No sé si tuve más pena o más rabia, pero lo que haya sido me llevó corriendo hacia la puerta. Y lloré varias semanas. Después de llorar me puse las pilas con mi peso y seguí varias dietas, la más extraña fue una en la que tenía que tomar jugo de pomelo fresco todas las mañanas y comer cuanta zanahoria quisiera durante el día. De más está decir que hoy no soporto ni lo uno ni lo otro. Además, repetí ejercicios como una enajenada y logré bajar dos tallas que nunca más subí.

A la Pepa no volví a hablarle hasta que salimos de Cuarto Medio, y solo por obligación. Quién sabe por qué habré guardado los pantalones. Ahora que lo pienso, debí agradecerle a la Pepa el episodio.

—¿Los va a botar, señora? —me pregunta Rosi espantada, cuando me ve con media prenda en el tacho de la basura.

—Tienes razón —le contesto arrepentida—. Apenas tienen una postura.

Mastico la misma amargura de aquel momento y doy el último sorbo de vino que queda en la botella para aplacarla. Leo la letra de la canción que permanece sobre la mesa:

> *They were shining there for you and me*
> *For liberty, Fernando*
> *Though I never thought that we could lose*
> *There's no regret*
> *If I had to do the same again*
> *I would, my friend, Fernando* [1]

Carraspeo dos veces y escribo al reverso, con la misma letra de siempre, una especial dedicación: «Pepita, querida, me estuve acordando tanto de ti».

Mañana pasaré por la oficina de correos y se los enviaré. Después de los tres cabros chicos que tuvo, espero que se pueda subir la cremallera.

---

1 *Ellas estaban brillando por ti y por mí*
Por la libertad, Fernando
Aunque nunca pensé que podríamos perder
No hay arrepentimiento
Si tuviera que hacer lo mismo
Lo haría, amigo mío, Fernando.

VIDA DE PERROS

Nunca antes me desperté tan temprano y con la panza a punto de estallar. Pero se ve que hoy amanecí con la pata izquierda. Con los ojos chinos a causa del sueño y un frío espantoso que calaba mis huesos, me armé de valor y fui de carreritas al baño. Sorteé con éxito los peldaños de la escalera, sin embargo, aunque tomé todas las precauciones posibles, apenas salí al patio me resbalé. Menos mal no fui a dar a la piscina porque ahí sí que no la cuento. Nunca a aprendí a nadar, ni siquiera a lo perrito. A nadie se le ocurrió preguntarme la opinión cuando decidieron cambiar el piso de madera por uno de cerámica, y eso que se trataba de «mi» baño. Me la he pasado a resbalones a cualquier hora del día, imagínense si además ha garuado. Sabía que el día de lamentarlo llegaría.

El esguince era seguro puesto que sentí lo mismo que cuando me torcí la pata bajando la escalera caracol en la casa de Winston. Me imaginé la cara del doctor y no quería que me llevaran, pero cualquier intento por disimular el dolor sería en vano. No sé mentir.

Regresé a mi cama con la esperanza de que durmiendo otro ratito el dolor se iría, o mejor aún, me daría cuenta de que solo había tenido una pesadilla. Subí al segundo piso tratando de no apoyar demasiado la pata pero me costaba bastante agarrar el impulso. Me acomodé como pude, di una vuelta para allá, otra para acá, pero no logré pegar ni una pestañad. Me subí como pude a la cama de mi mamá, aprovechando que había salido temprano, y traté de enterrar mi cara en su almohada para evitar que la luz me diera de frente, pero nada dio resultado.

Entonces, aunque sabía que me dolería cada escalón, bajé a tomar desayuno. Siempre que salen temprano me lo dejan servido pero ya les dije que hoy no era mi día.

No pueden imaginarse mi cara de decepción ante el plato vacío. Todo el esfuerzo por nada. Estaba sola, tenía sueño, mucho frío, coja de una pata y, para rematar, famélica.

Se dignaron a volver a las tres de la tarde y recién ahí pude probar bocado. Literalmente probar, porque asumiendo que había comido mi ración de la mañana y que estaba pidiéndoles un poco más por pura glotonería, me sirvieron una miseria que apenas mastiqué con un colmillo.

A veces pienso que estoy pintada.

Los ignoré mientras comí. Casi siempre los hago reir con alguna gracia pero esta vez no se lo merecían.

Serían blanco de mi indiferencia. Y luego quise dejarlos solor para que me echaran de menos ellos a mí y subí a dormir la siesta al segundo piso. Ese fue mi error. Usar las escaleras.

–¿Estás cojeando? ¡Pobrecita! ¿Qué te pasó?

Me pillaron y no me gustó para nada el tonito lastimero. Tan sobreprotectores son mis padres que hablar así solo podía significar una cosa: subir al auto, ir a esa clínica pasada a desinfectante, esperar mi turno rodeada de una manga de atorrantes, y aguantar que el doctor me metiera palitos por todos los orificios del cuerpo.

La visita terminó como lo predije, sumada una aguja del tamaño de una bombilla enterrándose en mi piel. Soy bastante aperrada y no le temo a las jeringas, lo que no me gusta es el ardor que se siente después en la zona del pinchazo. Eso no se lo doy ni a la pesada de mi vecina.

Cuando volvimos a casa me recosté junto a la chimenea con la esperanza de que alguien, en algún momento, encendiera un par de leños. Me dormí esperando que aquello ocurriera.

Ni siquiera eso pude disfrutar porque tengo un sueño recurrente que, entre jadeos y ronquidos, se volvió a repetir.

Desde el otro lado de la reja, unos ojos felinos me miran fijamente. Amenazan con quitarme la supremacía y venir a marcar mi territorio. Saben que en una lucha cuerpo a cuerpo llevo todas las de ganar. Simulo no prestarles atención y me retiro para rodear la casa y espiarlos agazapada desde la puerta de la cocina. Los ojos felinos están llegando al límite… me preparo tensando los músculos de mis patas y también de mi mandíbula… avanzo… estoy casi encima… despacio… un centímetro más… solo un poquito más…

En el momento en que voy a saltar, me despierto. Siempre muero de ganas por saber cómo termina esa pesadilla pero jamás he logrado avanzar.

Ya estaba oscuro cuando desperté y me sentí sedienta a causa de la actividad mental desplegada. Supongo que también se lo debía al antiinflamatorio que me habían inyectado.

Mientras tomaba agua en la cocina, tocaron el timbre. Corrí, bueno, traté de correr… digamos que llegué lo más rápido posible a la puerta, para dar la bienvenida a quien quiera que fuera.

Grande fue mi sorpresa al ver que, uno a uno, empezaron a llegar casi todos mis amigos. Amorosos. Estaban preocupados por mi salud. Ya sabemos que son estas las ocasiones que te dicen quiénes son los verdaderos.

Buena anfitriona como siempre, los acompañé hasta que estuvieran cómodamente sentados. Excepto al parcito que llegó de última. Eran dos desconocidos que parecían roperos de tres cuerpos. Llegaban a bloquear la entrada con su existencia.

Me vieron y como si nada. Diría que hasta me miraron con desprecio. Así que yo también. Y una vez instalados, se encargaron de molestarme toda la noche. Así que yo también. Le preguntaron a mis padres cuál de los tres cerditos era yo, sabiendo que mi raza era bulldog inglés. Les dijeron que era más feo de lo que pensaban, que parecía un balón de gas, les preguntaron dónde habían dejado mis patas, que si rodaba en vez de caminar. El bullying fue aterrador y me dieron ganas de pasarles un espejo. Mis padres, como si fueran chistes, les respondían con risitas. Para colmo, desconocían el concepto de la motricidad fina y se tropezaban con todo lo que se les pusiera por delante, incluso conmigo, y no hay nada peor que esos bototos con plataforma tipo tanque. Daban vuelta los vasos antes de poderlos agarrar, comían pizza dejando el regadero de migas en el suelo. Pusieron unos CDs con música estridente y se reían en forma tan escandalosa que daban ganas de mandarse a cambiar.

Si yo quería jugar con mis otros amigos, ellos me decían no, si me acercaba para que hicieran solo un cariñito, repetían otro no «No, no, no». ¡Y eso que me habían ido a ver a mí porque estaba enferma! De pronto una migaja más grande que el resto, me habló desde el borde de uno de los bototos: «¡Cómeme!, ¡Cómeme!». Yo sabía que era una mala idea pero me lo dijo tan seductoramente que... no me quedó otra cosa que hacer. Y ¿saben qué? En vez de auxiliarme cuando comencé a vomitar, o al menos preocuparse, mis padres y amigos comenzaron a reírse. Todos azuzados por el par de mastodontes.

Morí de rabia pero recibí estoica la reprimenda. Aunque nunca esperé que fuera para tanto y me mandaran a acostar.

Abrieron la puerta de la terraza para que fuera al baño antes de subir, y hacía tanto frío, ¡madre mía!

Mi vecina, con sus ojos felinos, estaba al otro lado de la reja, y por dos segundos me amenazó tal cual lo hacía en mi pesadilla. Menos mal recapacitó y se fue porque yo estaba tan pero tan molesta que no tenía ánimo para enfrentarla.

Subí cojeando exageradamente para ver si alguien se apiadaba de mí, aunque la verdad era que me había dejado de doler. No resultó, ya les dije que no sé mentir. Así que nadie me prendió el calientacamas, ni me dio el besito de las buenas noches. Lo único que me hace perdonar a mis papás, al final, es saber que, a pesar de todo, siempre voy a ser su regalona.

HOME SWEET HOME

Vi cómo dos mujeres, una alta y una pequeña, se me acercaron de puntillas. Traté de arrancar pero un fuerte dolor en el ala derecha me lo impidió.

—Está sangrando, tía —dijo la mujer pequeña.

—Alguien le disparó con una escopeta de perdigones mientras descansaba en ese poste de la esquina —dijo el hombre que riega el antejardín del edificio blanco todos los días. Él me vio caer, pero no fue hasta que ellas trataron de tomarme en brazos que vino a ayudar.

No sabía qué era un perdigón pero me dolía y, además, sentía que mi temperatura corporal estaba bajando drásticamente. Era muy extraño tener tanto frío en pleno verano. Por suerte la mujer grande que me sujetó tenía las manos tibias.

—Se le cierran los ojitos —dijo la mujer pequeña.

—Se está muriendo —sentenció el hombre.

—Nooo ¡Sálvala, tía! ¡Sálvala!

Me llevaron en andas a la esquina siguiente de donde caí. Con un ojo logré ver que pasamos por la plaza de las bicicletas. La mujer alta golpeó una puerta y la hicieron entrar a una habitación de paredes blancas. Había una gran mesa metálica en el centro de la pieza donde me pusieron de espaldas. Creí que me congelaría.

—El perdigón le atravesó el ala y lo tiene incrustado en el cuerpo —dijo un hombre con un delantal más blanco que las paredes—. Hay que operar.

¿Operar? ¿Qué será operar? Todos estaban muy serios pero ninguno tenía cara de mala persona. Así es que tan, tan terrible no podía ser.

De repente empecé a sentir que un líquido entraba por mi pecho. Me ardía y no podía inflarlo como lo suelo hacer. La mujer alta y el hombre de blanco seguían hablando, pero las palabras se empezaron a alejar. Se me cerraban los ojos pero nunca dejé de sentir la mano calentita de ella. No sé si realmente me dormí, ni cuánto rato pasó desde que llegamos, pero cuando reaccioné, únicamente podía mirar hacia el cielo. Estaba dentro de una caja de cartón y el cielo se veía a cuadritos. Habían puesto una malla para que no fuera a escaparme. ¡Como si tuviera la fuerza para moverme!

De nuevo estaba la mujer pequeña con nosotros. Cada cierto tiempo veía su cara asomándose por la rejilla y luego, la de la mujer alta. Si sentía que sus voces estaban lejos me sentía tranquila y permanecía quieta y en silencio, pero cada tanto escuchaba los ladridos de un perro y me hacían saltar.

El cielo, aún a cuadritos, se fue poniendo azul oscuro y me resigné a que dentro de la caja pasaría la noche después de un día tan agotador. El cansancio me dominaba y no me hacía falta nada, tenía un pocillo con agua y unas miguitas de pan blando. El frío había desaparecido. El día había sido agotador y suspiré resignada. Aquella respiración más honda reflotó el dolor que sentía en mi alita y me hizo acordar de la herida. Por fin, el cansancio me dominó y como no me hacía falta nada, me acomodé para dormir.

Los cinco o seis días siguientes se sucedieron, más o menos, con la misma rutina; la mujer alta se asomaba primero a la caja y me saludaba preguntando:

—Hola, dragoncita —no sé de dónde habrá sacado ese nombre, pero me sonaba a algo grande así que lo acepté—. ¿Cómo amaneciste hoy?

Reemplazaba el papel de diario que había puesto en el fondo de la caja, por uno nuevo, y me volvía a hablar.

—¡Qué manera de hacer caca, dragoncita!

Si se refería a la cantidad de excremento que dejaba repartido sobre los avisos económicos no sabía qué responderle… era el proceso normal ¿o no? O sea, ese es el resultado si uno come, y a mí me gusta comer varias veces al día. Tal vez, si pusiera la hoja con las noticias deportivas a la vista, en vez de tanta compra y venta, evacuaría mis «necesidades» con más cuidado.

Lo último que hacía era cambiar el agua del pocillo y desmenuzar media marraqueta delante de mí, para que supiera que era pan fresco creo yo, aunque más me gustaba cuando, a contar del tercer día, comenzó a combinar las migas de pan con unos granitos de arroz y otros de maíz chancado.

—Enferma que come, no se muere —decía sonriendo y me dejaba.

Creo que la mañana del séptimo día me tomó en sus manos tibias y, aunque me resistí un poco, me sacó de la caja. Estábamos en el patio trasero de su casa y vi, parado en el umbral de la puerta que estaba abierta en su totalidad, al dueño de los ladridos.

—¿Podrás volar, dragoncita? —me dijo con dulzura, mientras le hacía una seña de advertencia al ladrador.

El perro, con evidentes muestras de resentimiento, se dio media vuelta así es que me pareció buena idea intentarlo. Pasara lo que pasara, solo lo sabríamos ella y yo. Extrañé a la mujer pequeña pero mis preocupaciones estaban en otro lado ahora.

Giré mi cogote de lado a lado, examinando el lugar. Las paredes de la casa medían dos pisos, había una parrilla haciendo esquina, una mesa en el centro, una banqueta y una jardinera. Quería ir de a poco y opté por esta última, que era la más baja. Traté una vez, y otra, y otra más, pero un «cototo» me molestaba entre el ala y el cuerpo. No conseguí elevarme.

Investigué con mi pico. Lo metí entre mis plumas indagando si el poroto se trataba del dichoso perdigón que aún estaba allí, pero la contorsión hizo que aumentara el dolor.

La mujer alta me tomó por sorpresa y me devolvió otra vez a la caja. Cerrándola por completo, incluso la apertura por donde antes veía el cielo cuadriculado. Para mi suerte, no fue por mucho rato y cuando la abrió otra vez, vi la cara del hombre del delantal blanco, que ella llamó Vet.

—Vaya que eres fuerte, paloma —dijo Vet.

¡Y era que no!… Quise agradecerle que haya notado la calidad de mi contextura y también sus atenciones, pero no paró de hablar. Y hubiera preferido que me llamara Dragona porque ese «paloma» que usó me pareció bastante impersonal.

—Tuvo mucha suerte de que la encontraras tú. De seguro otro la habría dejado morir.

—Mis amigas no pueden creer que la haya salvado. Ratón con alas, la llaman. Pero qué iba a hacer si es tan pequeñita e indefensa.

¿Ratón con alas? La insolencia de sus amigas hizo que pasaran a ocupar el primer lugar en mi lista de enemigas… Y ¿dijo indefensa? Acaso no escuchó cuando Vet me dijo que era «fuerte». Dentro del gremio ornitológico, son los gorriones los debiluchos pero ¿una paloma?… ¡Hágame el favor!

—Hoy la saqué de su cajita pero no pudo volar –dijo la señora alta con tono de preocupación.

Vet observó detenidamente mi costado.

—Mmm… ¿te fijas cómo no puede cerrar su ala del todo?

Nuevamente me acostaron de espaldas sobre la mesa y no me resistí pero sabía que lo haría si intentaban pincharme de nuevo.

—Hizo un queloide ¿lo ves?

—¿Queloide? —repitió ella—. No sé qué es eso —dijo la mujer alta, y yo menos, dije yo.

—El tejido del ala traspasado por la munición de plomo se está regenerando, pero un porotito de grasa se le ha formado en la cicatriz. Es probable que se disuelva con el tiempo.

Así es que así se llama el cototo que impidió que me elevara.

—¿Es por eso que aletea como una gallina?

—Así es —respondió Vet.

¿Como una gallina? ¡Cómo que como una gallina! Todos saben que las palomas somos bastante más inteligentes que ese… proyecto de pájaro. Sus amigas me comparan con un ratón y ahora ella me trata de «gallina». Estaba tan enojada que le quise picotear la mano pero no me dieron tiempo porque, como si lo hubieran adivinado, me metieron rápidamente de nuevo en la caja.

—¿Cuánto te debo?

—Nada, considéralo un control post-operatorio.

—¿Crees que consiga volar otra vez?

—Es bastante difícil. Habrá que esperar.

—¿Y qué hago con ella mientras tanto?

—Llévala a un jardín infantil. Algunos colegios han implementado mini granjas, con conejos, pollitos. Se acostumbraría en un lugar así. Los niños pequeños, en general, tratan bien a los animalitos… a propósito, ¿y tu sobrina?

—Se le terminaron las vacaciones y volvió a Viña. En todo caso, llama todos los días para preguntar cómo sigue la Dragona. Después de todo, fue ella quien la encontró.

De regreso a casa me fui pensando en la idea del jardín infantil y no me gustó para nada. ¡Cómo se ve que Vet no es de plazas! Si fuera a una plaza se daría cuenta de que es justamente lo contrario. Los niños pequeños nos corretean, nos asustan y nos la pasamos arrancando de sus pies y de sus hondas. Esa no es vida, ni siquiera para una paloma.

Una vez en el patio de la casa, abrió la caja y me dejó salir.

—Cuando estés lista, Dragoncita. Vas a poder, ya verás. Solo debes ejercitar tus alitas y emprender el vuelo.

Durante los dos meses siguientes no pude emprender nada, pero tampoco volví a estar encerrada en la caja de cartón. El patio, ahora, era todo mío.

La mujer cambió el pocillo del agua por uno más grande e incorporó alpiste y semillitas de todo tipo a mi alimento. A pesar de que las bolsas de comida decían que era para canarios y pollos, se las acepté porque tenían un rico sabor. De vez en cuando tomaba baños de sol, y si me daba mucho calor, me escondía debajo de la banqueta a la sombra, o me daba un chapuzón en mi pileta nueva.

Cierto día me paré muy concentrada a los pies de la jardinera donde acostumbraba a pegar muy fuerte el sol, pero como estaba nublado no me fue difícil mirar en aquella dirección. Me impulsé y logré saltar hasta el borde de la jardinera. ¡Qué rico aroma se sentía! Y desde ahí me balanceé para llegar hasta la mesa. Sabía que emprender el vuelo no sería una tarea fácil. Me ubiqué en uno de los extremos de la mesa, inspiré y exhalé tres veces, me encomendé a las alitas de todos los santos y tras una pequeña carrera, me elevé.

¡No podía creer que estuviera volando! Logré encumbrarme como en mis mejores tiempos.

—¡Yupiiiiiiii! —es probable que nadie me entendiera pero les aseguro que fue eso lo que grité. La mujer pequeña lo decía con tantas ganas cuando estaba contenta que se lo copié, igual que el Ave María que rezaba para que me recuperara, cuando venía de visita.

Volé y llegué hasta a una esquina que me pareció conocida y divisé al hombre que riega el antejardín del edificio blanco. Lo saludé con el ala buena pero estaba bastante ocupado cortando el pasto como para darse cuenta de mi presencia. Tampoco podía insistir haciendo malabares para que me viera porque, tras tres meses sin volar, me cansé rápidamente. Al parecer fue demasiado ejercicio para la primera vez. Tenía que tomármelo con calma y traté de descansar en uno de los postes del alumbrado público.

—¡Ups!... —sin darme cuenta, había elegido el mismo poste donde estaba cuando me dispararon. Así que remonté de nuevo y aleteé a toda velocidad. Miré hacia abajo y mi casa se veía pequeñita. ¡Mi casa! Ningún lugar podía ser mejor. Me tiré en picada y aterricé justo cuando la mujer alta salía a cambiarme el agua de la pileta.

—¿En qué estás, Dragoncita. ¿Has hecho tus ejercicios hoy?

Me hice la lesa y di un par de aleteos, al más puro estilo gallina. Sí, sí. Ya sé que las llamé proyecto de pájaro y tontorronas, pero fue un acto de total desesperación. ¿Qué sería de mí si ella se enterara de que puedo volar de nuevo? ¿Me echaría? Tal vez no, pero preferí no arriesgarme y exagerar mi actuación. Me paré en una pata y escondí la otra, como cuando me acomodo para dormir; también intenté poner cara de dolor y al parecer funcionó.

—¡Pobrecilla! —dijo con dulzura.

Fui convincente y ella estiró su mano para acariciarme la cabeza. Mi respuesta fue lanzarle un picotón a los dedos, directo a la cutícula. Tampoco se trataba de inspirarle lástima.

—¡Te quería hacer un cariño, Dragona loca!

Quizás pronto la autorice a tocarme, pero aun no es el momento.

Desde ese día implementé la rutina de salir todas las noches a dar un par de planeos por la vecindad. Me aseguro, antes, de que ella se haya ido a acostar. Paso por encima de la casa desde donde me hirieron y hago toda la caca que puedo tratando de achuntarle al balcón de la ventana desde donde se asomó la escopeta. Si vieran cómo ha mejorado mi puntería. Cuando regreso, lo hago muy atenta a los gatos que merodean por el techo. Solo de vez en cuando, y si noto que la mujer alta ha ido de compras, ejercito mis alas volando de día hasta los juegos de la plaza. Aterrizo un rato y dejo que los niños me correteen para practicar mi rapidez y agilidad. Cuando me encuentro con viejas amigas, me piden que vuelva a mi casa, y más de un pichón me ha cortejado para que lo siga. Debo reconocer que le he dado un par de vueltas a esas ideas pero la imagen de la mujer alta, de la pequeña, de mi pileta y mi comida segura me hacen recapacitar. Mi verdadero hogar es uno solo y siempre sé cómo regresar.

Jornada de adopción

Mi papá humano encuentra el último espacio disponible que quedaba en el estacionamiento subterráneo. «Esto significa que estará repleto de posibles adoptantes», le dice a mi mamá mientras suena el bip de la alarma. Ella le pone el arnés a mi medio hermana, Emma, y él se complica entero colocándome el mío. Está tan concentrado que no se da cuenta de que un hombre, vestido de azul, se nos acerca golpeándose una mano con el palo de madera que lleva en la otra. Creo que va a pegarle así que le ladro para asustarlo y prevenir a mi papá.

—Si van a usar el ascensor deben llevarlos en brazos —dice deteniéndose.

Por lo general, me siento seguro en brazos pero ahora me siento inquieto, miro como un loco para todos lados y vuelvo a ladrar para darme a entender.

Dos señoras bajitas se suben al ascensor junto con nosotros. Una me acaricia la cabeza.

—Pregunta primero si lo puedes tocar, Tolita. No sabes lo bravo que puede ser.

—Qué alharaca, Rosita, ¿no le ves esos ojitos de ternura?

—Es cierto, es un perro muy dulce aunque ahora esté un poco nervioso —dice mi papá.

Emma trata de acercárseles sacando la lengua repetidamente para que le digan algo lindo a ella también. Es su forma de dar besos.

—¿Cuántos años tiene? —pregunta la que me hace cariño.

—Ni pienses en adoptarlo, Tolita —interrumpe Rosita antes de que mi papá pueda responder—, me aseguraste que solo veníamos a mirar.

—No se preocupe —dice mi papá—, cumplió cinco pero viene al evento como invitado.

—Claro que me preocupo, mi caballero. Mi hermana es adicta a recoger guachos de la calle pero como trabaja puertas adentro, al final la que se hace cargo de ellos soy yo. No hay justicia.

«Chao hermoso», me dice la Tolita cuando salimos del ascensor y la Emma hierve de envidia porque no la tomaron en cuenta ni una sola vez.

El patio del GuAM es entero de cemento y el techo con vidrios de colores que tiene hace que el sol pegue en todas partes. Apenas se puede caminar de lo caliente que está el piso. Olfateo por si percibo algo de tierra cerca y le doy un tirón a mi correa. Me subo a una jardinera y levantó la pata trasera contra una palmera. Emma prefiere aguantar un rato más.

Hay un montón de gente. Mi papá estaba en lo cierto. Nos dirigimos al stand de Ciudad Animal, nuestra primera familia, y saludo a las tías con un caluroso «rraf, rraf». También les doy la pata. Cuando nos enseñaron a hacerlo, Emma aun tenía el yeso que le pusieron cuando la atropellaron, así que no aprendió.

Mi mamá se va a subir al escenario para hablar en nombre de las familias adoptantes así que nos deja con nuestros amigos que están en adopción mientras espera su turno.

Les cuesta reconocernos de primeras. Tienen que olernos para darse cuenta de que seguimos siendo los mismos aunque nos hayan dado otros nombres. Emma abraza a Blanquita Nieves y yo me pongo a conversar con Vaquita y Tololo. Les digo que hoy sí que sí que hoy los adoptarán, y Tololo, escéptico como siempre, se recuesta debajo de la mesa.

Un chico de pelo rojo se pone de cuclillas y nos acaricia. Calculo que tiene un año en años caninos y le digo a Vaquita:

—Pon ojo porque es una edad difícil para ellos.

—Y además es adoptado.

—¿También lo oliste?

—Desde antes de que se acercara. Habré perdido la fe pero mi olfato y mi sexto sentido están intactos.

—¿Te has fijado en cómo se enrollan los humanos cuando la adopción se refiere a su propia raza? Mis papás trataron de adoptar un niño y no les fue bien…

—Agradece entonces, porque de haberlo logrado ustedes seguirían viviendo con nosotros.

—Naa. Nos habrían adoptado igual. Estábamos predestinados.

—Parece que fueron bien encomendados a Artemisa.

—Sí, por la Britannia. Una perrita súper inteligente que, apenas llegó al cielo, pidió ser reemplazada por una cantidad de mascotas equivalentes a su peso. Una bulldog inglés que pesaba treinta kilos. Alcanzó para que nos adoptaran a mí, a la Emma, a una gata y a los cinco hijos que esta tuvo después.

—¡Esa sí que es suerte!

—Este humano colorín merece saber la verdad, ¿no crees?

—Todos la merecemos.

—Me cayó bien. Te apuesto que va a ser veterinario.

—Sí, médico de todas maneras.

Escucho que una voz que sale desde unas cajas negras llama a mi mamá. Paro mis orejas y busco a mi familia. Aúllo cuando las cajas negras emiten el pito más agudo y doloroso que jamás oí. Peor que las sirenas de ambulancia de donde yo vivía antes de que me recogieran. Mi mamá se me acerca y esconde mis orejas entre sus manos. Me dice que todo va a estar bien, que es una falla del micrófono, y me da un beso en la nariz. Aprovecha de pedirme que me porte como un caballero mientras ella esté hablando, que me siente a su lado para que Emma me imite.

En el escenario ella se ubica frente al micrófono con nosotros, uno a cada lado. Apenas empieza a hablar, Emma se le cruza por delante para ponerse donde estoy yo, al lado derecho. Nunca está conforme. Le cedo mi lugar y me paso hacia el lado izquierdo, pero por detrás de mi mamá para no interrumpir su discurso. Ella, sin dejar de hablarle al público, se cambia las correas de mano, para que no se enreden. Tiene que pasarlas por entre las piernas. Emma se vuelve a cambiar de lugar. Le ladro, una sola vez, seco y cortado, como si fuera yo el hermano mayor y no ella. Regreso a mi posición. Otra vez mi mamá tiene que hacer malabares para desenrollarse. Levanta la pierna, pasa una correa por delante del micrófono que está a punto de caer y la gente se ríe. En ningún momento pierde la compostura. Mi papá nos mira sonriendo, orgulloso. La señora cariñosa del ascensor, la Tolita, está sentada en primera fila y nos apunta con el dedo.

Decido quedarme del mismo lado de Emma y logro que se quede tranquila. Me tira besos agradeciéndome el gesto y le agradezco que me deje escuchar el final del discurso.

«Es muy interesante que hayan traído a un etólogo para que nos explique lo que sienten los perritos cuando son adoptados. Solemos decir que son tan agradecidos ¿no? Imagínense qué habría dicho un psicólogo humano. Estoy convencida de que los cambios más importantes se producen en el adoptante. Es uno el que les debe agradecer por ser parte de la familia. ¡Los invito a acercarse a los stands y adoptar!»

La gente aplaude largamente. Si yo pudiera, también lo haría. Sonrío. La señora Tolita y un guardia que anda con un mestizo de pastor alemán, se secan las lágrimas con un pañuelo. Cuando mi mamá me nombra, saludo a la gente con la pata como me enseñaron, y como Emma no puede, opta por hacerse pipí. Mi mamá la justifica diciendo que es de pura alegría, pero sé que viene aguantando las ganas desde que salimos de la casa. Menos mal nadie se hace problemas por la posa que dejó sobre el escenario. El pelirrojo que le hizo cariño a Vaquita está apoyado contra uno de los parlantes, pensativo. Le cierro un ojo. No estoy seguro de si capta mi mensaje pero debe estar sacando conclusiones.

De regreso al stand de Ciudad Animal saltamos de felicidad cuando nos cuentan que Tololo fue adoptado mientras nos estábamos haciendo famosos.

Una niña, bien guapa y con olor a bailarina, se acerca y alza a Blanquita Nieves en brazos.

—Mis padʀes estaʀían d'accoʀd con una peʀʀita como esta.

—Puedes llenar la ficha de adopción para reservártela pero solo con un adulto te la podrías llevar.

—Ouh là là. Peʀo miʀen qué tenemos poʀ aquí —dice la chica mirándome con un brillo sospechoso en los ojos.

—Él es Dogtor House pero no está en adopción. ¿Cómo te llamas tú?

—¡Qué nombʁe más chaʁmant! El mío es Eloise y no lo quieʁo adoptaʁ sino copiaʁle esas califoʁnianas —intenta agarrarme la cola pero no la dejo.

Eloise se pone a girar y girar, dando pasos de ballet, con Blanca Nieves en los brazos y mi pobre amiga resiste estoica el mareo que le provoca. A veces hay que dejarse llevar con tal de que se encariñen lo suficiente con uno. El objetivo es que llene la ficha.

Le digo a Vaquita lo feliz que me siento por que mi cola le haya interesado solo con fines estéticos, pero él está triste. Nadie preguntó por él en toda la jornada. Bueno, sí, una mujer le hizo cariño al mismo tiempo que hablaba por celular.

—Quería llevarme a Osorno —me contó—. Parece que es un lugar que está lejos. Cuando se agachó, pude escuchar a otra mujer, que estaba al otro lado del teléfono, que le dijo que yo era una pésima idea. Que no pretendiera reemplazar a un hombre conmigo. «Si lo haces, Adela, es que estás demente». Bajé lo que más pude el borde externo de mis cejas, House, tal como tú me enseñaste. Traté de explicarle que estaba en lo cierto, que yo era mejor que un hombre en lo fiel y buena compañía. Que jamás la trataría mal como hacen ellos pero no logré que me leyera la mirada.

—Ay, amigo, te prometo que algo se nos va a ocurrir para encontrarte casa pronto. Ten fe.

Mi papá se acerca entonces con una correa nueva en las manos. Se nota por el olor que acaba de comprarla. Conversa con las tías de Ciudad Animal y se vuelve para mirarme… No. No me mira a mí sino que a Vaquita.

—Nos vamos, perrito—le dice poniéndole el arnés—, sé un buen chico que tus nuevos padres te están esperando.

Me asusto. Creo que me están cambiando por mi amigo pero como si leyera mis pensamientos, mi papá me pregunta si estoy listo para irnos.

Caminamos hacia el ascensor bien juntitos y ordenados: Vaquita, Emma y yo. No pronunciamos ni medio ladrido con tal de no romper esa suerte de hechizo.

A los machos nos sientan en el asiento trasero y a Emma en la falda de mamá, adelante.

—¿Crees que tus padres se acostumbren? —pregunta mi mamá.

—Por supuesto. Si hasta ya pensaron en un nombre —responde mi papá.

—No te creo… pero si ni siquiera lo han visto.

—Les mandé una foto por Whatsapp y según ellos tiene pinta para Archibald.

Mi mamá se da vuelta y mira a mi amigo, inquisidora.

—Fíjate que sí. Tiene cara de Archie.

Nos miramos de reojo, y moví el cuello para hacer bailar la placa con mi nombre. Se que mi amigo vio en su mente una del mismo color con su nuevo nombre grabado en ella, aunque no supiera cómo se escribe.

01100011 01101111 01101110 01110100 01100001
01100011 01110100 01101111 00100000 01010100
01101001 01100101 01110010 01110010 01100001
00100000 00110001 00111000 00110101 00111000*

Lat: -33.439436 | Lon: -70.583251

[7/3a/34-86:49]	Establezco contacto visual con red primitiva del Planeta Tierra, patio trasero casa estándar	"view/Location/Syntax"	401 1284
[7/3a/34-86:51]	Escaneo información circulante asociada al espécimen	"NewUser?rev1=1.3&rev2=1.2"	200 4523
[7/3a/34-87:02]	Evalúo nivel de inteligencia: establecida CI 100	"rdiff/Main/ConfigurationVariables"	200 5967
[7/3a/34-87:22]	Evalúo nivel de credibilidad: establecida LOW. Registra ser sujeto de 1 abducción y visión de 15 ovni. Ninguno comprobado. Espécimen ideal	"listinfo/true_division=0"	200 6291
[7/3a/34-87:44]	Posiciono nave en la vertical y procedo a la levitación. Humano opone resistencia cero.	"attach/Postfix-Command"	200 3351
[7/3a/34-87:51]	Instalación en cámara de diagnosis para revisión. Humano opone resistencia cero	"ReadmeFirst/?-serv_rev"	200 7352
[7/3a/34-87:55]	Escaneo información capilar según modelo estándar	"get/mailman/Head_check"	200 5253
[7/3a/34-88:12]	Individuo emite sonidos[1]. Determino idioma español lenguaje chileno. 300/283.000	«get/oopsNotify/language/¶m1.12"	200 4924

[7/3a/34-89:16]	Escaneo fluidos internos: Bilis, Flema, Lágrimas, Moco, Orina, Saliva, Sangre, Sudor y otros desechos	"get/mailman/ blood_check"	401 1281
[7/3a/34-90:29]	Espécimen emite nuevo sonido[2]	"attach/stuck/Wor- dchilean/¶e1"	401 1285
[7/3a/34-90:50]	Localizo bacterias en la dermis, de rápida reproducción	"bin/view/Main- Changes"	200 4020
[7/3a/34-91:53]	Espécimen va de la sorpresa S a la euforia E pasando por otras emociones humanas asociadas.	"edit/Smtpdrestric- tions?par=bin"	401 1251
[7/3a/34-92:19]	Activo máxima aceleración para crecimiento del pelo.	"rush/mailman/ business"	200 6379
[7/3a/34-92:22]	Espécimen solicita[3] traslado a nuestra base	"take/bin/Main/ Index=111=¶p1"	200 4373
[7/3a/34-92:27]	Elaboro respuesta y ritual de despedida	"twiki/view/TWiki/ DontNotify"	200 4140
[7/3a/34-93:24]	Me dejo ver y extiendo la mano para contacto físico	"check?topicparen- t=Flush"	200 3853
[7/3a/34-93:54]	Instalo sensor de activación remota, las marcas dejadas por el láser desaparecerán en dos días terrestres	"bin/view/Main/ Mannix"	200 3686
[7/3a/34-93:56]	Espécimen emite extenso sonido[4]	"attach/stuck/Wor- dchilean/¶e3"	401 1283
[7/3a/34-94:12]	Emito respuesta[5] elaborada en su idioma	"GET /?rev1robots. txt"	200 6856
[7/3a/34-94:46]	Proceso de hipnosis exitosa	"exit/rdiff/ Know/Read- me?rev1=1.5&K"	200 5724

[7/3a/34-95:04]	Transmito protocolo despedida	"PostfixCom- mand/Tki- Groups?rev=1.2"	200 5162
[7/3a/34-95:54]	Deposito al espécimen en el mismo lugar de la toma	"rdiff/Main/Confi- gurationVariable/ INI"	200 5679
[7/3a/34-96:35]	Activo campo magnético y emprendo retirada	"Main/Flushserv/ topicparent=Ho- me"	200 6887

[1] —Estoy en un OVNI, huevón, «nadie me va a creer» [bis3]
[2] —Hey, díganme que esto es verdad [bis0]
[3] —Llévenme con ustedes, huevón, no me devuelvan [bis0]
[4] —Erís tal como te imaginé, pero nadie me va creer, «nadie» [bis3]
[5] —Esa es la idea, «huevo» [bis3]

M. Lorena Leigh López

Fiesta de disfraces

Fui invitada a un matrimonio de disfraces en Viña. Lo encontré terrible porque no me gustan ni los matrimonios ni las fiestas de disfraces. Pero la novia era ni más ni menos que mi hermana así que no pude zafar. Para más remate, tenía que pensar en algo más elaborado que una simple hippie o una gitana. Cuando llegó el día aún estaba sin disfraz. Abrí mi closet con la esperanza de que algo hubiera aparecido por arte de magia, y mi traje de iaido me miró con ilusión. La tenida era perfecta, ¡si hasta mi katana de práctica tenía! Lo mejor de todo era que vestida de Samurai no me sentía disfrazada y podía irme vestida así desde Santiago.

El tránsito estuvo impecable hasta el túnel Zapata donde había una fila de autos sin avanzar y un letrero PARE y un furgón de carabineros con la baliza encendida. Un oficial que se acercó, curioso por mi atuendo, me explicó que al interior se había volcado el acoplado de un camión junto al *container* portuario que transportaba. Sacar tamaña estructura requirió bastante tiempo y luego, la consabida congestión de tránsito por el borde costero de Viña, hicieron que me retrasara.

Llegué al Club Español de Reñaca quince minutos después de la hora de la invitación, y me tomó otros diez minutos encontrar estacionamiento en el último rincón de los jardines, y otros cinco de caminata hasta la casona.

Un foco instalado en la entrada pestañeó al acercarme. Yo conocía las instalaciones temáticas que mi cuñado usaba en sus eventos de *disc jockey*, algunas tan grandes como la del *Titanic*; sin embargo, la que puso para su propia fiesta me impresionó. La luz provenía de una Estrella de la muerte, y cómo no, si era fanático de *Star Wars*.

Antes de alcanzar la escalinata de acceso, el foco brilló más potente y una plataforma circular, escondida bajo la tierra del sendero, comenzó a elevarme. *Debió salirle un dineral*, pensé. A menos de que fuera parte del disfraz de un invitado que se tomaba las cosas demasiado en serio.

Entré a la nave y, tal como lo supuse, ahí estaba el amigo disfrazado de extraterrestre dándome la bienvenida. Había visto *Encuentros cercanos del tercer tipo* así que reconocí el saludo.

—¡Hola! Qué buen disfraz. Soy la hermana de la novia.

—Tu-tu-tu-tu-tuuumm.

—Qué simpático… Oye, ya empezó, ¿cierto?

—Tu-tu-tu-tu-tuuumm.

—Mi hermana me va a matar. ¿Entremos mejor? —intenté tomarlo del brazo y el extremo de mi espada chocó con parte de la escenografía. Se asustó—. No te preocupes, no tiene filo —lo tranquilicé.

Pero como un niño ofuscado me tiró el pelo quedándose con un par de hebras en su mano de tres dedos.

—Hey, ¿qué te pasa? Fue casualidad… Dime por dónde se entra.

Apuntó hacia una ventanilla del tamaño del visor del control de la vista, cuando se renueva el carnet de conducir.

—Me estás aburriendo, loquillo, en serio.

Me tomó del antebrazo y me dio la corriente. *Tanto metal te tiene cargado de estática, amigo*, pensé. Me guió hasta la misma plataforma por donde subí y él se quedó.

Cuando entré, le hice una reverencia a la jueza que ya oficiaba el matrimonio, y me senté como Samurai, custodiando la ceremonia.

Ella, ignorándome, les celebró los disfraces a los novios pero les pidió que al menos se despejaran los rostros para poderlos cotejar con las cédulas de identidad y saber a quiénes estaba casando realmente. Mi cuñado se sacó la máscara de hombre araña y mi hermana el antifaz de gata negra.

Finalizadas las firmas vino el beso de rigor, se pusieron nuevamente las máscaras y una legión romana fue la primera en felicitarlos con una coreografía de Gangnam Style. La fiesta se armó.

—¿Nos fumamos un puchito allá afuera? —le propuse a mi hermana.

—¡Dale!

—Sorry por la demora, *sis*.

—No te preocupes, llegaste en el momento preciso —dijo, acariciándome el pelo justo en donde el disfrazado de *alien* me lo había tironeado—. ¡Qué *cool* tú Samurai estilo Cruella de Vil!

La miré extrañada, no sabía que quería decir. Y me explicó que tenía un mechón blanco en el costado.

—Debe ser efecto de las luces —respondí sin prestar mucha atención—. Oye, a propósito de efectos, qué platudo tu amigo extraterrestre, ¡pedazo de nave espacial!

—¿Qué nave?

La llevé hasta la entrada para mostrársela pero el único vestigio era un círculo de tierra sobre la plataforma. La miré intrigada.

—No eran las luces.

—¿Qué dices?

—Que sí tienes un mechón gigante de canas ahí. ¿Y qué bicho te picó?

—¿A mí?

—Es que cuando saludaste a la jueza te noté unos puntitos rojos en el brazo de la espada, y las pupilas te crecieron del porte de un buque ¿Te pusiste lentes de contacto o necesitamos un doctor?

—Ni lo uno ni lo otro —dije levantándome la manga—. Esto es culpa del compadre ET.

—¿Qué compadre?

M. Lorena Leigh López

CAMISETA DEL COLO

Estábamos terminando de comer cuando Catalina dijo «mañana llega Eric». Y se hizo un silencio sepulcral.

Creo que los trescientos días de condena se fueron antes de lo que ella hubiera querido. Catalina tenía el secreto deseo de que mi papá ajustara cuentas desde adentro. Una noche escuché que le exigía a mi mamá que lo fuera a ver a la cárcel, y se lo pidiera, pero mi mamá lo borró de su vida al poco tiempo de nacer yo, así que la mandó a acostarse de un solo charchazo.

Al Eric lo conozco desde siempre. De hecho, él ya vivía en la población cuando llegamos nosotras y más de alguna vez lo vi vestirse, con una de las tantas camisetas del Colo que tiene, desde mi ventana.

Cumplió los diecinueve años en cana. Tiene tres... no, cuatro más que yo. Aunque varias veces le tiré los cagaos, para él yo solo era la hermana menor de la Dayanna, que a su vez tenía cuatro años más que él, y con quién se terminó encamando.

Ese no era un problema para mí porque, total, para lo único que quería al Eric era para tirármelo. «No me mirís así, cabra chica», me decía a cada rato. Y es que no me perdía la ocasión de entornarle los ojos soñando despierta con sacarle la camiseta y tocarle las calugas. «Deberíai preferir la carnecita fresca, po Eric».

No quiso hacerme caso y el drama vino cuando se le ocurrió hacerle una guagua a la Dayanna.

Estoy segura de que ella también lo quería para puro tirar. Nadie se dio cuenta de que estaba preñada hasta que fue tarde. Harto tarde porque la loca se murió.

Y al Eric lo metieron preso por ser cómplice de aborto. Él puso la mitad de las noventa lucas que les costó el misotrol y la ayudó a enchufárselo en la vagina, en el baño de su casa, aprovechando que no había nadie más.

Cuando vio que los dolores de la Dayanna aumentaban en vez de disminuir, no le quedó otra alternativa que salir a gritarnos, llamando a mi mamá.

La Cata la acompañó. Yo salí corriendo detrás pero me obligó a devolverme así que me quedé asomada a la ventana. Vi al Eric, con la camiseta del Colo de los 80, esa con cuello negro y un triángulo del mismo color en el pecho. Se paseaba riéndose como si estuviera volado, en vez de nervioso, pero igual de mino que siempre.

La Cata quiso llevar a la Dayanna al hospital pero mi mamá se resistió porque no quería que terminaran todos en cana. A la Cata le tocó, entonces, recibir el feto de mi sobrina y después enterrarlo en el patio de atrás. Menos mal se le ocurrió meterla en una bolsa de plástico antes. Los tiras dijeron que tenía dieciocho semanas de gestación.

A la Dayanna la trajeron para la casa y estiró la pata, en su cama, como cinco horas después de haber abortado. La Cata llamó *altiro* a la PDI sin preguntarle a mi mamá. Al Eric se lo llevaron de una.

En el juicio, se defendió diciendo que estaba enamorado, que si hizo lo que hizo fue porque ella se lo pidió. Que hasta estaba contento con la idea de ser papá. De nada le sirvió la póstuma declaración de amor.

De haber sabido antes que el Eric llegaba mañana, habría ido a Meiggs. Le habría conseguido la camiseta de esta temporada del Colo, en una talla más chica para que las calugas se le marquen bien. A lo mejor alcanzo a ir temprano.

Rosita Albahaca

El primer whatsapp del día llegó a las 8 de la mañana en forma de audio, pero desperté tarde y lo oí recién a las 9 y media. «La Rosita Albahaca está súper mal, apenas se mueve y como que le cuesta respirar. ¿Sabes dónde podrían examinarla? Yo creo que va a necesitar radiografía.» Le compartí a mi vecina de junto los teléfonos de tres clínicas veterinarias que tenía guardadas en mis contactos: una cerca, una cara, y una a domicilio. Y salí a mi clase sin cerrar la aplicación. Miré la pantalla del celular cada dos minutos. Caminé pensando qué pudo haberle pasado: tal vez se apareó durante la noche (mi gata se comportó de forma similar cuando lo hizo), o se cayó desde el techo, o ¿no la habrán atropellado?

El siguiente mensaje llegó a eso de las 2 de la tarde: «A la Rosi la operan en una hora más» y mi teoría del atropello cobró mayor sentido. Tenía el diafragma comprimido y la pata trasera mirando hacia atrás. Emoticones vinieron (ojitos caídos y lágrimas) y fueron (arcoíris y manitos rezando) durante la espera. A las 4 y media la batería de mi celular llegó a 7% y precisamente mientras lo enchufaba ingresó el último mensaje: «Se murió». Sin más explicaciones ni adornos. Mi mente me llevó a dos días atrás cuando la Rosi estaba en la vereda, afuera de mi casa. Maulló mirándome. Se dejó tomar y ronroneó contra mi pecho. «¿Por qué andas callejeando, Rosita Albahaca? Vámonos para tu casa, mejor».

La Ponderosa

Cuando el jinete desaparece en la calle neblinosa, ella empieza a sentir frío.

—Parece que por fin soy libre —dice en voz alta.

Pero nadie contesta. Aún permanece allí de pie un rato más, desorientada. Tiene mucho frío. Finalmente, sortea el cadáver y con paso vacilante se dirige hacia la casa de enfrente. Le resulta extraño que nadie haya presenciado lo ocurrido o que nadie haya venido después del disparo. Da tres golpes a la puerta y tras la demora, da tres más. Rosa debe estar en la cocina, lavando los platos del almuerzo. Se acerca a la ventana, apoya la nariz contra el vidrio e intenta mirar a través del visillo. El comedor está intacto y no percibe movimiento. Rodea la casa buscando a Rosa y la encuentra recogiendo sábanas del tendedero, antes de que la neblina las vuelva a mojar.

—¿Y tus patrones? —pregunta.

—Fueron a lo de Misia Jacinta —responde sin quitar la vista de lo que está haciendo—. Hoy es día de curanto.

—¿'ta de cumpleaños don Tito?

—El miércoles que viene pero le adelantaron el festejo.

Rosa se echa el último perro para la ropa en el bolsillo del delantal, toma el tiesto donde ha puesto las sábanas dobladas y da dos pasos en dirección a la casa. María permanece bajo el cordel del tendedero.

—¿No me vai a decir ná, Rosa? ¿Acaso no escuchaste el disparo?

—Harto fuerte lo escuché, se me llegó a caer la palangana —la mira con disgusto.

—Y ¿no tenís curiosidá?

—Ay, María, qué curiosidad voy a tener si todos sabían quién iba a ganar.

—Yiaaa y ¿por qué tan claro?

—Por la fama de don Ramón, pues, ¿por qué más va a ser?

—Ni tanta pa' que don Juan le haya aceptado el duelo.

—Pero si fue tu patrón el que lo retó, poh, eso le escuché decir a don Tito.

—¿Pero cómo tan hueón, entonces?

—Eso también dijo don Tito.

Si había alguien en el pueblo que se manejaba bien con las armas de fuego, ese era Ramón Zárate Verdugo. Se decía que tenía una habitación habilitada exclusivamente para ellas y sus trofeos. Se decía también que la colección incluía armas del tipo que le pidieran: pistolas de diversos calibres, fusiles de asalto, escopetas recortadas y de doble cañón, una carabina, una ametralladora y hasta un Winchester usado en la Guerra del Pacífico, que seguía funcionando. Y los premios —la mayoría primeros lugares—, correspondían a las competencias organizadas por el Club Cazadores de Angol. Aún cuando eran muy pocos los afortunados que habían entrado a esa habitación, nadie dudaba de ella y a todos les intrigó de sobre manera que Juan Zúñiga Escalante le hubiera tirado el guante a Ramón Zárate Verdugo.

La gente se dividió entre quienes pensaban que Zúñiga sufría de un cáncer terminal y que antes de padecer una dolorosa agonía prefería morir en manos de Zárate, y quienes aseguraban que simplemente había enloquecido luego de que Leonor, su única hija, se escapara a Holanda para casarse con Ruth, la mochilera que él mismo había aceptado alojar en casa. El conflicto que motivó el duelo, por cierto, fue rápidamente olvidado y tampoco hubo nadie dispuesto a apostar, puesto que el ganador era demasiado evidente. Una vez que Zárate aceptó el reto, le dio a escoger una de sus pistolas a Zúñiga pero Zúñiga rechazó la oferta diciendo que tenía la propia, sin especificar marca. Zárate se regodeó frente a su colección. Sacó de la vitrina una Magnum 44 como la de Harry el sucio, un Colt 45, también llamado Peacemaker, como el que usaba Ben Cartwright y una Walther PPK como la de James Bond. Las estudió con detención, apuntó un blanco imaginario con cada una de ellas y finalmente descartó la primera por moderna y la última por semiautomática. Si iba a haber un duelo, sería al mejor estilo de Bonanza.

—Lo finiquitó de un solo tiro, Rosa.

—¿Alcanzó a sacar su pistola don Juan?

—Nada. Se fue al suelo con la mano en el bolsillo.

—¿Cómo? ¿No la tenía en una de esas cartucheras de vaquero?

—No. Te digo que la tenía en el bolsillo.

—Será de Dios, no más, poh niña.

—Pero… ¿y ahora qué hago, Rosa?

—Lo que se hace en estos casos, poh, partir a trabajar en lo de don Ramón.

—Es lo que yo creía pero él no quiso.

—¿Cómo no quiso?

—Le dije que tenía poquitas cosas, que las iba a buscar pa' dentro y me iba altiro pa' su casa, pero él se subió al caballo y me dijo que no fuera a buscar ni una cuestión, que no quería más empleados. «Quedas libre, cholita», le escuché decir clarito. Con las riendas le pegó un solo chicotazo a las ancas del caballo y salió disparado.

—¿Y en qué estai topando entonces, chiquilla? ¿Por qué no te hai ido? ¿Tenís dónde ir?

—Sí… bueno, no… No lo había pensado.

—¿Tenís o no tenís?

—Es que me preocupa don Juan, sabís…

—Pero si está muerto, poh, niña.

—Por eso, poh, ¿tendré que llamar pa'l hospital o a los pacos?

Voz de feria

«¡Nos vamos a la capital!» dijo nuestra madre con su voz de feria, cuando decidió que ya era suficiente campo para nosotros y suficiente marido para ella.

El papá nos entregó al Tolo, como regalo de Navidad anticipado, ¿te acuerdas?, para que nos lleváramos un dejo rural a la ciudad y así nos acordáramos de él. Sin embargo, un destello repentino en la mirada y la expresión que adquirió su rostro mientras nos lo decía, nos hizo darnos cuenta de que su única intención era embromarle la vida a la mamá. Y ella, que siguió de cerca nuestros movimientos mientras llenábamos de agua tibia la tina, y habiéndole pedido un poco de su champú de frutillas, encontró que el mejor desquite era dejar que bañáramos al animal. «¿Vieron? Ese es su papá. Debió haberles advertido que agua y conejo no se llevan bien». La manera más práctica que tuvimos para entender el dicho de *estirar la pata*, fue esperar hasta que la última convulsión dejara el cuerpecito blanco del Tolo tieso como un palo. «Véanlo de esta forma: no todos tienen la suerte de morir así de oloroso», dijo mientras lo envolvía en una hoja de El Mercurio, como si fuera un pescado recién comprado en un puesto del mercado. Luego nos llevó a la terraza del segundo piso y lo lanzó al foso que había en el peladero de al lado. «Cimiento fresco para la nueva casa», susurró, para que no la fueran a escuchar los vecinos. Ambos seguimos con la vista la trayectoria que el bulto de conejo dibujó por los aires hasta que el golpe seco, al fondo del hoyo, nos hizo pestañear. Esa Nochebuena tuvo aroma a frutillas.

Un año antes habías preguntado qué es la muerte mientras mirábamos un lote de cruces de madera que sobresalían en el pasto. La tía Pola, intentando ponerse a la altura de nuestros cuatro y cinco años, nos contó aquella historia del viaje del abuelo, del que no había forma que volviera, y del trono que había en el cielo en donde se sentaría tan solo para cuidarnos. Algo alcanzó a escuchar la mamá y como si ese algo la hubiera enojado, nos tomó firme de la mano y nos llevó hasta el potrero. Ahí estaban los peones, con las camisas arremangadas y las axilas traspasadas de sudor. Sus cuchillos estaban todavía pintados de rojo pues terminaban de faenar el caballo que había caído al pozo la noche anterior, casi a la misma hora en que el abuelo había emprendido el curioso viaje descrito por la tía Pola. «¡Esa! Esa es la muerte!», nos dijo con su voz de feria, sin despegar la vista de la sangre. Parecía lógico, considerando el peso y la altura, que el sonido provocado por el caballo al chocar con el fondo del pozo haya resonado más fuerte que el Tolo en los cimientos de la casa del frente, sin embargo, para nosotros, aquella historia que nos llegaba a través de los oídos era menos impactante que la que nos había llegado por los ojos.

¿Recuerdas cómo nuestro primer y único perro salió disparado después de que le pegó el taxi? En el parachoques negro quedaron pegados algunos de sus rulos, también negros. Con lo que le gustaba salir a pasear en auto al pobre Rulo, resultó una ironía que muriera atropellado. El plan que habíamos elaborado para tener un perro fue todo un trabajo en equipo: tú le dijiste al papá que la mamá nos había dado la mitad de la plata para comprarlo, sorprendido y todo, porque sabía que a ella no le gustaba para nada la idea, se metió la mano al bolsillo sin darle más vueltas. Después fui yo donde ella y le repetí el mismo cuento. Era la gracia de tener padres separados y de que además se tuvieran bronca. Nunca corríamos el riesgo de que conversaran y compararan las versiones. Encaramarse en el auto y asomar la cabeza hasta el cuello, por la ventanilla, fue una misma acción para el Rulo. Sus orejas tironeadas por el viento lo hacían ver como si estuviera sonriendo. El *mascotero*, como llamaste al dueño de la tienda, no nos advirtió que la otitis era una de las principales amigas de esa raza y por supuesto cuando llegamos a la casa ya sufría con la primera crisis. Menos mal que para los siguientes paseos se te ocurrió la idea de poner una pinza, de las que usaba la mamá en el tendedero, sujetando sus orejas por debajo del hocico y así nunca más hubo un dolor, al menos de oídos. Después del tortazo, entramos a la casa con él en brazos, lacio. Su cuerpo debajo de los crespos todavía estaba tibio. Sin darnos tiempo para explicar lo que había sucedido, la mamá agarró la pala que ocupaba para arreglar las matas de tomate cherry de las jardineras, pasó dos dedos, uno por cada ojo del perro, y nos ordenó enterrarlo en el patio del condominio. Nos turnamos con la pala y el que no la sostenía ayudaba con las manos. Cada vez que probábamos si el Rulo entraba en el hoyo, alguna parte del pobre quedaba afuera. Cavamos toda la tarde hasta dar con el tamaño adecuado. Pusimos su choclo de hule junto a la pata izquierda y la mitad de un masticable de frutilla rozándole la nariz. Hicimos una cruz con un palo de helado y una rama de ciruelo pero, para que los vecinos no reclamaran, no la terminamos de poner. Su tumba quedó como a él le hubiera gustado, mitad al sol y mitad a la sombra, debajo del árbol donde acostumbraba retozar.

La única vez que una muerte nos hizo llorar fue en el funeral del papá de los Gatica, y qué pena que no fuera precisamente de la pena. Habían instalado recién el ataúd al fondo del hoyo y los hermanitos se nos acercaron con los ojos hinchados.

—Gracias por estar aquí —dijo Maximiliano. Mi compañero de curso traía a su hermana Paulina, que era compañera tuya, de la mano.

—No —respondí un tanto complicado—, gracias a ustedes por invitarnos.

—O sea… gracias a tu papá —remataste tú tratando de enmendar.

Fue imposible que contuviéramos la risa y nos llegamos a agarrar la guata del dolor que nos causaban las contracciones del diafragma. Las carcajadas que rebotaban entre lápida y lápida, provocaban un eco que las exageraba aún más y todos los presentes terminaron por darse cuenta. Incluso nuestra madre que estaba junto a la viuda de Gatica, y que de un round llegó a agarrarnos de sendas orejas y a tirarnos, literalmente, dentro del auto. «¿Hasta cuándo?» nos gritó con su voz de feria más feroz, pero para nosotros, que cursábamos cuarto y quinto básico, era la primera experiencia en la que teníamos que dar un pésame, y nos costó un montón deshacernos de la risa.

En cada período de vacaciones que llegaba, le decíamos a la mamá que queríamos ir al campo a ver al papá, y todas las veces recibíamos la misma negativa como respuesta. Más categórico fue el no cuando el papá decidió llevarse a su polola, Edda, a vivir con él. «Qué polola ni qué ocho cuartos, su hija podría ser». El problema para la mamá, al parecer, era la edad de la Edda.

Una mañana, de improviso, nos despertó con los boletos del tren en la mano. Corría la mitad de las vacaciones, eran las 10 de la mañana y el calor marcaba ya los veintisiete grados. Sacó nuestras mochilas del armario y las puso a los pies de nuestras camas. «No echen mucha ropa pero es importante que metan la camisa que usan para los desfiles», dijo, mientras tiraba una humita negra en cada uno de los bolsos.

Viajamos de noche y la tía Pola fue la encargada de recogernos en la estación. Cuando nos dijo que iríamos directo al sepelio supimos que el muerto era, ni más ni menos, nuestro padre. Entre los sobresaltos y el vaivén de la camioneta por el camino empedrado, logramos ponernos los corbatines. De las camisas jamás nadie se acordó.

Los peones habían cavado una tumba junto a la del abuelo. El cura preguntó si los hijos del difunto querían decir unas palabras. Nos miramos y asumí que por ser el mayor debía al menos empezar.

Un «gracias» fue lo único que salió de mi boca aunque en mi mente se quedaron atrapadas las ideas de agradecerle al papá por el Tolo y otras cosas más. E inmediatamente agregaste un «gracias al papá por habernos reunido», en un intento de ayudarme y optamos por no mirarnos para evitar tentarnos de la risa.

El fantasma del papá de los hermanos Gatica nos anduvo merodeando largo rato. Después de un momento en que todo fue silencio, los asistentes empezaron a asfixiarnos a punta de abrazos. Siendo nosotros los receptores de las condolencias, sabríamos por fin qué era lo que se decía en tales casos. No obstante, en vez de hablar las personas murmullaban y lo hacían tan cerca de la oreja que ninguno de los dos pudo entender ni media palabra. Edda, que nos observaba a una distancia prudente, esperó a que la turba se dispersara y nos hizo una seña.

—Para pasar la pena —dijo entregándonos una jarra de vino blanco con duraznos picados y nos fuimos junto al pozo donde hacía ocho años había caído el caballo.

Los peones, sin notar nuestra presencia, comentaban el terrible final que le había tocado al patrón. Decidimos entonces que, de emborracharnos con el ponche, nos alejaríamos del trigal para que ninguna segadora tuviera chance de pasarnos por encima. Después de ese verano ya no quisimos volver.

El azote de tu cabeza contra el pavimento fue estruendoso. Confiaste en las historietas de dibujos animados donde una cáscara de plátano es inofensiva… y miro la cruz que corona tu tumba comprendiendo, después de todo, lo que la muerte significa. Los hermanos Gatica vinieron a despedirte. Se me acercaron y sonreímos sin decirnos nada. La mamá, en cambio, no para de llorar. ¿Alguna vez imaginaste que pudiera haber lágrimas dentro de ella? Pues ahí la tienes, con el llanto impidiéndole pronunciar una palabra completa dándome la impresión de que, entre sollozo y sollozo, la voz de feria se le fue.

CONCILIO DE DIOSES

—En mi nombre se abre la sesión del COD.

—Para, para, para… ¿Cómo es eso de «en tu nombre»? ¿Y no crees que le quitas seriedad diciéndonos COD?

—¡Joder!, Zeus, ¿os vais a poner quisquilloso?

—Solo pido que nos respetes y te ajustes al protocolo.

—En nombre de TODOS se abre la sesión del Consejo Oficial de Dioses. ¿Os queda bien así?

—Bastante mejor. Desde que saliste electo presidente hemos oído cada frase…

—Om Namah Shivaya ¿Recuerdan cuando decía: «Queridos hermanos, nos hemos reunido aquí»? —pregunta Vishnú—. ¿En verdad te parece que hay alguna posibilidad de que seamos her-ma-nos?

—Pos que a mí como que no me suena tan mal, aunque me ahorraría la primera sílaba y quedaría de lo más guey –observa Quetzacóatl.

—Parecéis chavales, enfocaos por favor —insiste Yavé impaciente—. Os he convocado porque vislumbro una grave crisis en mi religión.

—Oh my God! —dice Isis espantada al ver una mano con el dedo índice apuntando hacia abajo y una pierna curvilínea en pose de ballet aparecer junto a ella—. ¿Cuándo te meterás en la cabeza que tu gran poder es el trans-formismo y no el trans-vestismo, Odín?

—Tan enojar, Frau Isis... ¿Una poquito de envidia, acaso?

—Envidia de 'al' cara peluda y tu falta de ojo. Seguro.

—Hermanos, estáis malgastando el tiempo y en verdad esto es importante —Yavé intenta imponerse de nuevo—. Odín, vuestro afán de llegar tarde...

—¿Yia? ¿Tarde para quién? Para los únicos que existir tiempo es para simples mortales. Yo no inventar tu crear en siete días...

—Pues la citación les solicitaba puntualidad y hemos convenido en que fuera a esta hora.

—Convenimos ser mucha gente... y yo no ser el único retrasado ¿Dónde estar Júpiter, Ngünechén? Por Buda no pregunto, porque suponer que no convocar.

—Ya conocéis su omnipresencia, él no necesita invitación.

—No esperen a Júpiter que puedo hablar por él —dice Zeus—, nos hemos aburrido de que confundan nuestros panteones así que hemos hecho un pacto de representación.

—Por Osiris tampoco se preocupen —aclara Isis—. Mi palabra valdrá por 'al' tres porque lo represento a él y también a mi hijo, Horus.

—Om Namah Shivaya. Lo mismo digo —agrega Vishnú.

—¿Así estar mejor, Frau Isis? —pregunta Odín cambiando de apariencia y acomodándose en su silla.

—¿Y cuál es entonces 'al' problema, Yavé? —Isis hace caso omiso al guiño del ojo de Odín y retoma la conversación.

—De un tiempo a esta parte, mis creyentes se han alejado demasiado de la fe y mi participación en el mercado divino ha visto una merma ostensible.

—¡No estás diciendo ninguna novedad! —exclama Zeus—, eso es algo que nos está pasando a todos, ¿o no?

—Por supuesto que no —dice una voz calmada proveniente de la copa ubicada en el puesto de Buda—. No a todos-todos.

—Ándale, porque tú haces trampa, mano. Yo les previne que si los ateos eran incluidos, la torta se iba a desvirtuar.

—No me refiero a los humanos sin dios —replica Buda—. Sino a mis seguidores que aumenten día tras día.

—También es trampa —acota Isis—. Pese al estricto control de natalidad, tus simpatizantes se multiplican como enajenados. Si los egipcios nacieran a la velocidad de los chinos o de los indios, otro gallo nos cantaría.

—Yo preferir que no gallos, ya saben qué pasar a Yavé si gallo cantar tres veces. ¿No que medición sería proporcional a población de cada país?

—Aquello es irrelevante, hermano Odín. El problema ha de ser otro.

—Exactamente, Yavé, el problema ser tú —replica Odín—, porque... sin ofender, últimamente, tú estar más muy arroganto, ¿yia?

—¿Pensáis todos lo mismo?

—Tú decidir no dotar de poderes mágicos a tus clérigos. Una poco de magia a veces necesitar. Yo, por ejemplo, cuando intervenir acontecer del destino, recurrir a mis valquirias.

—Lo sé, Odín, pero yo apenas tengo un hijo, no doce hijas como vos.

—No te quejes ahora —increpa Isis—. También fuiste tú quien decidió darle por madre a una virgen. Te aseguro que si además la hubieras hecho parir como coneja, tu virgencita sería menos creíble todavía.

—No os metáis con María. Si no gozara de su gracia, mi crisis de creyentes podría estar peor.

—Om Namah Shivaya. ¿Y si les envías otro diluvio?

—Vishnú, por lo destructivo del comentario diría que estáis hablando por Sivá.

—Om Namah Shivaya. El brazo superior derecho se mueve cuando hablo por Vishnú y el inferior derecho cuando es por Brahma. Sivá es dueño de mis dos brazos izquierdos así que sí, lo del diluvio fue su idea.

—Híjole, a mí eso de ser tres en uno todavía me confunde. ¿No creen que una copita de vino ayudaría a concentrarnos? —levanta las cejas mirando a Yavé y apunta con la barbilla hacia una jarra de agua.

—Esa es una buena idea. La del vino digo, el diluvio… pues, no sé. Tengo por ahí una plaga de langostas y una peste a la que aún no he puesto nombre —dice Yavé mientras sirve las copas—, incluso a un nuevo Lázaro le tengo puesto el ojo… pero no estoy seguro de que haya llegado el momento de usarlos.

—¡Vaya que te ha mejorado la mano! —interrumpe Zeus—. Este *assamblage* está «divino». Tienes que darme la receta para pasársela a Dionisio.

—Om Namah Shivaya. Tu hijo, ¿no se llama Baco?

—Válgame yo, cómo es posible que hasta ustedes se confundan: Baco es hijo de Júpiter.

—Decía —prosigue Yavé—, que no puedo, bajo ningún concepto, dejar asuntos tan importantes en manos de mis pastores. Delegarles un par de milagritos de vez en cuando anda bien, pero ¿confiarles poderes mayores? Pues corro el riesgo de que después se crean yo.

—Pos que a poco no los hiciste parecidos a ti.

—Pues, a mi imagen y semejanza física, más bien.

—Pos yo los hice requete distintos y hasta el respeto me perdieron los pendejos esos —observa Quetzacóatl—. Si no me exponen como reliquia en un museo, lo que todavía tiene algo de dignidad, usan mi apariencia para sus fiestas de disfraces.

—Eso es culpa de 'al' plumas —dice Isis.

—Om Namah…

—No me interrumpas, Vishnú. Te decía, Quetza, que perdiste el respeto de tus fieles por culpa de 'al' plumas, 'al' apariencia en general.

—Las plumas, las escamas, qué sé yo de quién es la chingada culpa... Si nos hubiéramos puesto de acuerdo con Kukulkán y Wiracocha para hacer una tripleta, seríamos poderosos en vez de unos desaparecidos.

—Trinidad, Quetza —corrige Isis—, se dice trinidad.

—Yo soy parte de una Trinidad —concluye Yavé—, Santísima encima, pero no veo que me esté sirviendo mucho.

—Om Namah...

—Y dale... ¿Qué te dije? Hasta al buitre de mi tocado está harto con tu Om.

—¡Cómo se ve que nunca has tenido un mantra!

—Evítalo, por favor.

—Lo intentaré, pero déjame hablar de una vez que la idea se me va a ir —Vishnú mueve los dos brazos izquierdos—. Quiero que rebobinen la discusión hasta antes de la Trimurti. Porque puedo llamar a la trinidad como yo estoy acostumbrado ¿o no, estimada Gran Maga?

—Qué molestoso...

–¿Te refieres al respeto? —pregunta Zeus.

—Om... perdón. No. Se ha mencionado la culpa. Yavé es el único de todos nosotros que le ha sabido sacar provecho. Ahora debe estrujarla.

—No entiendo.

—Se refiere al *mea culpa* —dice Zeus.

—Eso, que tus cuates le echen afuera sus culpas y las meen.

—Ay, Quetza... que nadie va a orinar nada, es latín.

—Tus seguidores —continúa Sivá—, solían rezar el Confiteor pero tus sacerdotes lo dejaron de lado. Ahora, cuando se van a confesar les dan puros Padres nuestros y Aves Marías como penitencia. ¿Dónde quedó el «por mi culpa, por mi culpa, por mi gran culpa»?

—Suena obsoleto —desaprueba Isis.

—Obsoleto el latín y la forma de rezarlo, tal vez, pero ¿qué tal si haces que lo canten? Al ritmo de algo a la moda: un merengue, un reggaetón…

—¿Será necesario denigrar la culpa a un reggaetón?

—Mira Yavé, si tus curas logran convencer a tus creyentes de que siempre están pecando «de pensamiento, palabra, obra u omisión», y de que absolutamente todo lo malo que está sucediendo es «por su culpa, por su culpa, por su grandísima culpa», los tendrás en la palma de tu mano otra vez. Y a sus hijos y a los hijos de sus hijos, por el fin de los siglos y el nunca jamás.

—Yo opino que este güey tiene razón. ¡Vengan esos cinco, carnal! —Quetzacóatl se queda con la palma extendida preguntándose con cuál de las cuatro manos de Vishnú debiera chocar.

—Latino tenía que ser... —reniega Isis—. Y tú Odín, deja de menearte de esa forma.

—Escuchen –demanda Zeus– ¿Qué les parece algo así?:

> *Las manos al centro, mirada abajo,*
> *pide perdones, tienes razones.*
> *Yavé es mi mago, yo rezo y pago*
> *Me pego el pecho, sigo derecho.*
> *Oh, yo y yo y yo. Culpa, culpa, culpa.*

—¡Me gustar! Y yo creer que el compositor de tu familia ser Apolo —dice Odín que no puede dejar de bailar.

—Lo es pero… ¿de quién heredó el perfil? —se pavonea el griego.

—Amén —concluye Yavé—. Si el hermano Zeus me autoriza, llevaré esta letra al coro de ángeles para que comiencen a ensayar. No me queda más que agradeceros y en mi nombre… digo, en nombre de TODOS, dar por terminada la sesión. Id con ustedes mismos y que la paz os acompañe. Será hasta la próxima si YO quiero…

—…

—Perdón… quise decir: si todos los dioses así lo queremos.

M. Lorena Leigh López

Hantalyé

El Bosque Azul lo sorprendía, de tanto en tanto, con pequeños detalles como la orilla del río descubierta por casualidad hace un par de meses. Aquí, Mingo Peatfinfers concluía que si algún paraíso existía debía de ser un reflejo de este paisaje. Y no al revés.

Se le instaló una sonrisa en la cara al mismo tiempo que el envolvente aroma del cavendish impregnó la ribera. Si no respiraba más hondo, era solo porque disfrutaba mantener el humo de su pipa en la boca, llevarlo de un lado al otro inflando las mejillas alternadamente y de esa manera fabricar los anillos más consistentes que hubiera hecho jamás. Por cada bocanada de su pipa era capaz de extraer unas cuatro o cinco argollas. Estiraba el cuello hacia arriba, las expulsaba, en una perfecta redondez, y subían hasta las nubes agrandando su diámetro en el trayecto aunque sería correcto decir las no-nubes pues no se divisaba ninguna en varios kilómetros a la redonda. Decir hasta el cielo podría resultar una exageración y después de todo, las argollas se esfumaban en un punto donde acostumbraban alojarse las nubes. Mingo disfrutaba cuando se desvanecían tanto como cuando las creaba. Y no sucedería si alguna de aquellas blancas y esponjosas masas de aire se interpusiera en la trayectoria. El anillo más bien entraría en ella y como la vista es algo que a veces engaña, no sabría cuál es cuál. Y aunque se parezcan en consistencia, nube y argolla no son lo mismo. Cierto es que tampoco había forma que pudieran alcanzar el cielo, al menos no hoy que parecía estar más alto que de costumbre. Y tan celeste y tan brillante que impedía tener los ojos abiertos por mucho tiempo. Para Mingo, tener que cerrar los ojos no era una molestia. Bajo su sombrero, que le cubría la cara casi por completo, prefería mantenerlos de esa forma. Había leído la etiqueta pegada al interior cientos de veces y ahora, a lo más le haría cosquillas en la nariz.

Encontró un colchón de pasto parejo y mullido, al costado derecho y, apuntalada por un par de rocas pequeñas, improvisó una caña de pescar amarrando un hilo en el extremo de una rama de arbusto. Tiró el anzuelo al agua y aunque quedó demasiado cerca como para que algún pez picara, decidió dejarlo ahí. Después de todo, la pesca había sido una excusa para pasar un día solo y hacer aquello que más apetecía: nada. La señora Peatfingers que solía acompañarlo en casi todos sus paseos de domingo, se excusaba de los días de pesca por considerarla una actividad aburrida y maloliente. Enrolló entonces una porción de hilo en el dedo gordo de su peludo pie y echó su cuerpo hacía atrás.

Estuvo dos horas, tal vez tres, en esa postura que le resultaba deliciosa. De espaldas a la tierra, con los brazos cruzados por encima de una prominente barriga, la cara cubierta y la pipa sobresaliendo por el reborde del sombrero. Contaba las argollas que expulsaba como quien cuenta ovejas para dormir, pero sin entregarse al sueño, no estaba dispuesto a empezar hacer algo en un día para no hacer nada. Un extraño sonido en al agua se dejó oir de repente. Un *splash* a la orilla de un río nunca es demasiado inusual, pero para un día calmo y perfecto como este, fue un *splash* inesperado. Y no solo sus oídos acusaron recibo del ruido. Sus pies, su ropa y por cierto su sombrero, recibieron el agua que lo acompañaba. Cientos, miles, cierto es que millones de gotas lo dejaron empapado. Ya era difícil contar el agua a propósito, cuán complicado debía ser hacerlo de improviso. Es cierto, no había necesidad, pero a Mingo le gustaba dimensionar las cosas exhaustivamente.

—¿Qué te has imaginado? —gritó mientras se sacudía—. ¿Tienes alguna idea de cuánto trabajo me ha costado tener este tabaco?

Sin dar el beneficio de responder, se incorporó exigiendo más explicaciones a cuenta de más preguntas. La aparición, de pie en el preciso lugar donde había caído el anzuelo, con el agua hasta las rodillas, no escuchaba, al menos esa impresión le dio a Mingo. Con una gruesa capa de piel y una capucha cubriendo su cabeza, parecía recién llegada de la Bahía de hielo de Forochel. Era alta, muy alta si se veía desde el metro de estatura de Mingo, que ya era considerado por sobre el estándar de su raza. La verdadera sorpresa llegó cuando al echar su capucha hacia atrás, la aparición dejó su pelo al descubierto. Contaba la leyenda, que en el Bosque Azul había nacido la única elfa de pelo lila. Y cuando eso sucedió, trajeron otra y más antigua leyenda a la memoria, la de Drizzt do Urden, el elfo oscuro de ojos también lila, que dominaba tanto el arte de la magia como el de la guerra a la perfección, mezcla poco usual si se consideraba que los magos y los guerreros nunca coincidían en la misma persona pero que a Drizzt le permitía ir tranquilo en su papel de renegado, lejos de su pueblo subterráneo. Pero ya decíamos que esa era parte de otra historia y el asunto en esta, era que ese extraordinario don de la magia, y quizás el rarísimo color estuvieran asociados, y también que se haya encontrado en la pequeña elfa. A sabiendas y a muy temprana edad fue convocada para reclutarse en la Gran Academia de los Puertos Grises, la más famosa escuela de magia de la Tierra Media y cuarenta años habrían pasado ya… por lo menos. «¿Y si es ella? Es poderosísisisisima, es, diría… respetable, y si llegó aquí por…» Mingo sintió cómo el habla se le iba para adentro. La vuelta del hilo se le enrolló más en el dedo peludo. Tras reconocer la imperiosa necesidad de caerle en gracia se arremangó los pantalones para ayudarla a salir.

—¿*Stämo mauré*? —logró tener la atención de la maga hablando en su mejor élfico.

—No gracias —le respondió ella en lengua común y en un tono indeterminado—. Y no se esfuerce tanto señor hobbit, que supongo quiso ofrecerme ayuda–. Mingo se sonrojó… las lenguas nunca se le habían dado bien.

—¿Qué le trae por estas aguas… digo, por estos lados? —preguntó dando por superado el *impasse*.

—Se suponía una roca plana justo donde estoy parada. Se suponía seca y en la orilla —dijo ella trayendo el lugar a su memoria.

—Está sobre ella pero… estamos en marzo ¿recuerda? —explicó Mingo, haciendo fuerza mental para que dijera que sí y no tener que extenderse en detalles.

Cuando la maga vivía en el Bosque Azul, la crecida del río venía en junio, pero aquello sucedía cuarenta años atrás. Y si escogió esa roca en particular para realizar la teletransportación, fue porque la conocía en un ciento por ciento, como cientos de veces la usó de trampolín cuando le enseñaron a nadar. Conocer a la perfección el lugar de destino del hechizo era el principal requisito para su éxito. Las probabilidades de fallarlo si solo se conocía medianamente, aumentaban en forma importante, corría el riesgo de aterrizar dos o más metros por sobre la tierra, lo que ya no sería aterrizar sino *aireizar*, para luego sufrir una caída proporcional a la altura. O lo que era peor, llegar la misma cantidad de metros pero bajo tierra, y nadie querría andar *entierrizando* por esos días. Si bien la crecida del río le había jugado una mala pasada, podía considerar que su desempeño mágico había sido satisfactorio. Al fin estaba lejos de quienes la perseguían y, ya a salvo, solo tendría que secarse y reponer los componentes mágicos que quedaron inservibles a causa del agua.

—¿No tendrá alguna «magia-seca-cosas»…? —dijo Mingo al mismo tiempo que levantaba las cejas y sonreía con una mueca.

La maga lo miró sin responder, extendió su capa y acomodó sobre ella sus demás pertenencias para secarlas bajo un sol que aún brillaba con fuerza. Mingo hizo lo propio, la invitó a esperar en su cómodo colchón de pasto pero ella rechazó la propuesta y se sentó sobre una roca a una distancia consideró prudente.

Mingo, incómodo con aquella presencia mágica, hizo su mejor esfuerzo por simular que estaba solo y continuar con su día perfecto. Apretó con fuerza la pipa entre los dientes, la encendió con el poco tabaco seco que rescató, se dio la vuelta del hilo en el dedo y se recostó nuevamente. Los anillos de humo, algo deformes y desarmados apenas subían hasta las no-nubes y lo delataban. Cuando recién había logrado destensar la quijada, las gotitas incontables de agua lo salpicaron otra vez y sintió un tirón como si quisieran sacar de cuajo el dedo gordo de su peludo pie. Se incorporó, sin tanto alboroto esta vez, y vio cómo la cola de un pez revolvía el agua en el preciso lugar donde estaba el anzuelo.

—¡Picó!, ¡picó! —le gritó con entusiasmo a la maga mientras se preparaba para recoger, pero no la encontró. El inmenso pez dio un par de saltos híper activos, le arrancó el hilo de las manos y la caña improvisada por poco le voló la pipa de la boca. En pocos segundos todo había desaparecido: la maga, el pez, y también el brillo y el color del cielo. Buscó con la mirada en todas las direcciones, turbado por un instante. Quienes estaban donde estaba la maga, la vieron desvanecerse y no la vieron más. Tal como las argollas y las nubes. Le hubiera gustado *hacerse humo*, como dice el dicho, pero debió caminar en vez y regresar a casa con las manos vacías.

Su señora lo esperaba en la puerta, golpeteaba con su pie las tablas de madera de la entrada, una mano empuñada en la cintura y en la otra sostenía, cabeza abajo, un enorme pescado.

—¡Así es que fuiste de pesca Mingo hijo de Mungo del clan Peatfingers! —siempre que estaba enojada lo llamaba por su nombre completo—. Acaban de traer esto para ti —le dijo mientras le enrostraba el pescado—. Y pidieron por favor te entregara esto otro —sacó de su bolsillo un papel y se lo arrugó contra la nariz.

—Pero yo... ¿quién? ... esteeee... —apenas podía pronunciar las palabras mientras estiraba el papel que decía: «*Hantalyé, meldo hobbit. Sarina*».

—Tendrás muchas explicaciones que darme Mingo Peatfingers. ¿De dónde salió esa elfa estrafalaria? Tal vez sea una moda pero ese pelo lila no le sienta. ¿Qué rayos dice esa nota?

Solo Nothandor sabe que Mingo quería entender. Reconocía ciertamente algunas letras élficas pero, como sabemos, las lenguas nunca se le dieron bien.

LA SOMBRILLA

—Les juro que lo vi —dije algo enfadada sobándome la cabeza.

—Te la pasas inventando cosas —dijo mi hermano Pascual.

—No he inventado nada, y aunque así fuera, eso no te da el derecho a maltratarme pegándome con esa cosa.

—¿Maltratarte yo?, no me hagas reír, exagerada —me replicó en su rol de hermano mayor y buscó apoyo en mamá poniéndole cara de hijo predilecto.

—Viejo, ¿tú viste algo? —preguntó mi madre a mi padre.

—Solo tengo vista para esta botella, querida Ester. El día es espléndido para hacer lo que vinimos a hacer: nada. Así es que siéntense de una buena vez y disfrutemos el paseo.

Desde que tengo memoria, todos los domingos compartíamos una cesta de frutas y un par de botellas de vino en familia.

—Deja esa sombrilla de una vez por todas, Pascual, me tienes harta… ¡Miren ahí está de nuevo! —dije apuntando con la barbilla hacia el bosque.

—¿Dónde? —mi madre dejó caer el plato sobre el mantel.

—Se encaramó a ese árbol.

—Rina, déjate ya esas niñerías, los duendes no existen y punto —insistió Pascual con esa postura de madurez que siempre adopta para imponer la última palabra.

—No es un duende cualquiera, es un hobgoblin —corregí—. Eres un ignorante.

—Ardilla, conejo, lo que sea que esté en ese árbol es un animal, Rina, un animal.

—Yo también escuché algo, viejo, ¿tú? —mi madre acostumbraba a conversar a punta de preguntas.

—Que si no escucho el vino llenando mi copa, nos vamos ya, maldita sea. Rina, siéntate aquí y, Pascual, de una buena vez descorcha esa botella.

Pascual apoyó la sombrilla en un tronco y obedeció la orden de papá.

Yo acomodé nuevamente mi sombrero mientras una mano pequeña apareció por detrás del árbol tratando de encontrar el mango de la sombrilla.

—Yo quiero del Chardonnay —dije, intentando que la nueva travesura del hobgoblin pasara inadvertida.

Unas orejas puntiagudas se asomaron y luego unos inquietos ojos me hicieron un guiño. La sombrilla se fue a esconder al bosque, con tantos otros secretos, y tomé un sorbo de vino, sonriendo.

M. Lorena Leigh López

LA MONEDA DALWË

El joven Eärendur indagó en sus 87 años de recuerdos y encontró que la voz de su padre estaba presente en cada noche desde que nació. Y es que nadie mejor que él conocía la Guerra de las Joyas y la Guerra de la Ira, desde las cuales, y casi por casualidad, surgieron los elfos marinos.

Los porqué en la cabeza de Eärendur surgieron a temprana edad, y en cada detalle que su padre le relataba encontraba pequeñas respuestas. Entendió, por ejemplo, el color azulado de su piel, que parecía encenderse bajo los rayos del sol y luego brillar insolente si se sumergía en las profundidades del mar; y la razón por la cual sus manos y sus pies eran palmeados y cómo su peculiar forma de respirar le permitía permanecer en el agua profunda por tiempos prolongados. Sonreía cada vez que tomaba conciencia de su raza pues el orgullo de ser un elfo acuático era más grande que el mismo mar.

Sin embargo, bastaba con que su padre dejara de hablarle porque se había dormido, para que un extraño sueño arremetiera en su subconsciente. Un sueño tan reiterativo como mágico. Los desayunos de las mañanas siguientes se extendían más de lo necesario, pues Eärendur intercalaba sus atragantadas palabras a los sorbos de infusión que cariñosamente les preparaba la madre. Con entusiasmo, el joven le contaba el sueño al padre con la misma precisión que este le dedicara la noche anterior. Aquella prolijidad en la oratoria era un don heredado de ambas ramas de la familia, así la madre, que mientras tanto amasaba lembas en un mesón de la cocina, un par de metros más allá, también le ponía atención.

Ella misma fue quien cierta mañana, con una voz más quieta que de costumbre, le dio la noticia que venían esperando desde hacía un tiempo. El padre se encontraba en el jardín de corales y el ritual del desayuno de cada mañana debía ser interrumpido. Tristeza y alegría se apoderaron de Eärendur. Su progenitor, a los 843 años, había sido llamado para emprender el viaje a Evermeet, el destino final de los elfos que nunca mueren.

El día esperado por todo elfo, el momento y la emoción de encontrarse con sus antepasados, había llegado para su padre. Algún día, a él también lo pasaría a recoger el blanco navío y se reencontraría no solo con su padre sino con todos sus ancestros. Faltaban cientos de años todavía pero, al ver en lontananza el jardín de corales y la silueta de su padre, Eärendur entendió que debía ir en busca de su repetitivo sueño y regalárselo antes de la partida.

Regresó junto a su cama y tomó una cuerda de seda que guardaba debajo del colchón. Le serviría de guía. Corrió hasta la orilla del mar y se sumergió. Nadó muchas millas hacia el poniente, siguiendo las cimas de las montañas submarinas. De acuerdo a su sueño, encontraría la entrada al refugio de Teroth justo antes de que el relieve alcanzara el horizonte. No dudó cuando vio la guarida enfrente de sus ojos. Amarró entonces la cuerda a la saliente de una roca, tomó el otro extremo y se perdió por entre los laberintos de la caverna. Reconocía en cada pasillo las marañas de estalactitas y estalagmitas de su sueño. Se le hacían más monstruosas a medida que avanzaba. Lo tranquilizaba darse cuenta de que los recovecos eran extremadamente estrechos como para que algún dragón pudiera pasar. Siguió internándose. No titubeó cuando tuvo que decidir qué rumbo tomar en una bifurcación. Conocía de memoria los caminos de su sueño. Continuó y al llegar a lo que parecía ser el centro de la guarida, y dentro de una total oscuridad, un brillo le llamó la atención… y otro, y otro más. Millones de escamas broncíneas se movían como lentejuelas danzarinas, y dos grandes y alargados ojos rojos se quedaron fijos en los suyos. Sintió sendas corrientes de burbujas que pasaron raudas por ambos lados de su cuerpo.

—Por fin estás aquí, Eärendur Dalwë —dijo el dragón.

—¿Cómo sabe usted mi nombre? —contestó Eärendur con respeto pero sin miedo.

Cualquier otro tono cromático en la piel de aquella criatura le habría amedrentado, pero aquel color bronce estaba del lado de los buenos, al igual que los cobrizos, los plateados y los dorados. Teroth, en particular, debía de ser amistoso. Sobre todo con los seres marinos.

—Te he llamado insistentemente desde que eras un niño. Tú me escuchabas mas no me hacías caso.

Eärendur no supo qué responder pues sabía, por las historias que se oían en el pueblo, que la inteligencia de un dragón, y en particular de Teroth, estaba muy por encima de cualquier otra criatura. Y que además poseían variadas habilidades mágicas. Eärendur comprendió que una de ellas consistía en enviar mensajes oníricos.

—Tu padre está por partir ¿no es verdad? —preguntó Teroth, aunque conocía la respuesta.

—La nave blanca está próxima a tocar tu puerto —agregó, y estiró su garra empuñando algo.

Eärendur le ofreció su mano palmeada y Teroth depositó una moneda de oro macizo sobre ella.

Era muy distinta a las que él conocía. Y mucho más grande, más pesada y más brillante que la de su sueño. Una de sus caras tenía dos delfines cruzados, en relieve. En la otra, una gran letra D resaltaba entre cinco o seis palabras más escritas en Valmelind, el idioma de los elfos marinos.

En el rostro de Eärendur se dibujó una sonrisa. Se emocionó de llegar al punto donde su sueño terminaba.

No sabía qué historia se develaría a partir de ese momento.

—Como verás, esta no es una moneda cualquiera —dijo Teroth adoptando un tono solemne—. Tu padre tendrá un arribo tranquilo a Evermeet sabiendo que la moneda mágica Dalwë está en manos de quien corresponde.

—¿Tiene poderes mágico? ¿Cuáles? —preguntó el elfo hipnotizado.

—Inicia raudo el regreso. Tiempo tendrás de sobra para averiguarlo.

La imagen de su padre sentado en el jardín de coral vino a su mente y entendió por qué, en el sueño, la cuerda guía era tan importante. Tomó el extremo que había amarrado en la entrada y miró a Teroth por última vez. El dragón lanzó una gran bocanada de aire creando una corriente a favor del elfo y Eärendur salió expelido de inmediato en dirección al puerto, sin la necesidad inicial de usar sus palmeadas manos y pies. Cuando la corriente comenzó a perder fuerza nadó lo más veloz que pudo. No fue suficiente.

El navío había zarpado y solo su madre permanecía sentada en el muelle de arrimo. Unas estelas de espuma blanca parecían divisarse en el horizonte.

—Cuando el barco llegó, él estaba somnoliento —dijo ella.

Eärendur bajó su cabeza y apretó la moneda.

—Te dejó esta carta. Supongo que la escribió en Valmelind para que solo pudieras leerla tú.

Eärendur tomó la nota mientras su madre le contaba cuáles habían sido sus palabras al partir.

—Dijo que cuidaras ese gran tesoro como él no supo hacer. ¿A qué tesoro se refería?

La moneda le pertenece a la familia Dalwë desde que los elfos son elfos. Sus poderes son activados generación por medio. Podrías haberla usado desde el instante en que abriste tus ojos al mundo, Eärendur, pero la perdí durante la Guerra de las Joyas. Sufrí en silencio cada vez que contaste tu sueño, ambos desconocíamos su destino final. El más preciado regalo que podría haberte heredado estaba en manos de un dragón. Soñé que ya la tenías en tus manos mientras esperaba el barco. Ya sabes, nos veremos en Evermeet otra vez.

Eärendur miró la moneda y los delfines ya no estaban cruzados. Entre ellos, el rostro de su padre brillaba tan azulado como la D del reverso.

M. Lorena Leigh López

¿No será mcuho?

Hoy es uno de esos días perdidos en el que te quedas esperando doce horas sin saber qué será de tu vida, y saltas cada vez que suena el teléfono. No sabes si es mejor dormir o sentarte a hacer nada porque de seguro si empiezas con algo, ese aparatito se encargará de que ese algo quede a medio camino.

—¡RING, RING! ¡RIIIING! —sabía que esto pasaría.

—Aló —respondo con la mitad de la voz

—¿Lorena? —hay veces en las que preferiría no escuchar mi nombre.

—Con ella —digo inflando mis pulmones.

—Habla Isabel de Lan Chile, estamos activándote el turno. Partes a Nueva York, y trata de apurarte porque la camioneta está afuera esperando.

—Me pongo el uniforme y salgo, chao —le digo botando todo el aire y colgando rápidamente, sabiendo que faltan apenas seis horas para que mi turno termine.

Parte de la pega es tener veinte minutos para hacer la maleta, ducharse, vestirse, maquillarse y estar sentada en la camioneta. ¡Tengo que correr!

El conductor se va rajado y yo voy de un lado al otro de la camioneta siguiendo la inercia. Trato de afirmarme y llamar a mi marido por celular al mismo tiempo. El pobre no puede creer que nuevamente lo deje «solo». —Pero si llegaste ayer de Miami —dice. Gajes del oficio, pienso yo. Por la radio informan que no pase por la sala de *briefing* y que me dirija directo a la puerta diecinueve. Es la señal de que no pararé de correr hasta que el avión despegue.

El embarque ha comenzado así es que subo al mismo tiempo que los pasajeros. Saludo a la jefa de cabina, con la que he volado bastante, y me empino para guardar mi bolso en el compartimiento superior. No alcanzo a hacerlo pues un pasajero me reclama que él había pedido el asiento de la ventana con mucha anticipación. —Explíqueme por qué me dieron el del pasillo —sube el tono de voz.

Por suerte me corresponde trabajar en clase ejecutiva. Serán catorce pasajeros para mí y catorce para la jefa de área, que por cierto, jamás había visto.

—¿Por qué vienes atrasada, *darling*? —pregunta con tono de reproche.

Yo la miro con cara de incredulidad.

—Ya, *darling*, apúrate mejor será —me pasa una bandeja con las cartas de vino y los menúes que hay que repartir. Opto por quedarme callada pensando en las doce horas que me esperan, y aprovecho de entregar también los estuches con antifaz y los tapones de oídos, así evito que la «darling» me lo recuerde.

En la bandeja con los tragos de bienvenida dispongo vasos con champaña, pisco sour y agua, pero Murphy, que será mi acompañante en el vuelo, ya había decidido que estos pasajeros preferirían jugo de naranja y bebidas.

Miro la hora y deberíamos haber despegado hace diez minutos. Antes de preguntar el porqué de la demora veo que están bajando a tres pasajeros por estar completamente ebrios, no entiendo cómo nadie lo notó cuando subieron. A estas alturas nadie quiere «pasajeros problema» a bordo. Los tres se ríen en la manga sin entender nada, mientras buscan los *tickets* de los equipajes que despacharon a la bodega y que, por supuesto, también deben ser bajados.

—Tripulación de cabina, estamos próximos al despegue —anuncia el capitán.

Con media hora de retraso, por fin despegamos rumbo a nuestra primera y única escala: Lima. Al fin logro sentarme. En esos quince minutos aprovecho de revisar la lista de pasajeros que me toca atender y repasar los apellidos por los que debo tratarlos: hay un deportista famoso, un cantante pasado de moda, dos ejecutivos de una afamada empresa, y diez *upgrades* que con mucha suerte han sido instalados en una cabina superior a la que compraron.

Ya con altura crucero, y tras ponerme el delantal, arreglo el carro para ofrecer el servicio de cena mientras mi jefa arregla el de ella. Sacamos los *trolleys*, ponemos los manteles, instalamos las gavetas metálicas, abrimos gabinetes, descorchamos los vinos, calentamos las comidas, todo está listo para partir y...

—Señores pasajeros, el capitán ha encendido la señal de cinturones. Por su seguridad, permanezcan sentados hasta que la señal se apague.

En zona de turbulencia nosotros también tenemos que seguir las instrucciones, así es que apagamos los hornos, guardamos las botellas, guardamos las gavetas, cerramos gabinetes, aseguramos los carros y nos vamos a sentar dejando todo como en un principio. Tras media hora de receso, volvemos a empezar: sacamos los *trolleys*, ponemos manteles, instalamos las gavetas metálicas, abrimos gabinetes, descorchamos los vinos, calentamos las comidas y salimos a dar el mejor servicio. A estas alturas del partido —o mejor dicho, del vuelo— la mitad de los pasajeros ya se ha dormido y decido no despertar a quienes tengan el antifaz puesto. El deportista y los dos ejecutivos descansan plácidamente.

—¿Qué prefiere tomar de aperitivo? —pregunto al lado izquierdo de la primera fila de la clase ejecutiva.

—Un *Bloody Mary* —me contesta el pasajero del 5L con una sonrisa que considero sarcástica, como si supiera que no he traído el jugo de tomate, ni la sal, ni la pimienta.

—En seguida se lo traigo —le devuelvo la sonrisa.

Cuando voy a buscar los ingredientes, veo que una señora intenta entrar al baño.

—Tiene que empujar para abrir —le digo, pero ella insiste en tirar hacia su cuerpo el cenicero metálico, que a estas alturas es una mera reliquia, hasta que se queda con él en la mano.

—Empujar —le repito y le muestro— ¿Ve? Hacia adentro.

Mi queridísima *darling,* como si se tratara de una competencia, ya va en la mitad de su pasillo y me hace un gesto reprobador de «Vamos más rápido, ¿ya?». Solo me digo a mí misma: «Misma, ten paciencia. *Relax and enjoy this flight with us».*

Para mi fortuna, Murphy se apiada de mí. Los siguientes pedidos están todos al alcance de mi mano y las opciones de comida se ajustan a las preferencias de mis pasajeros. La cena transcurre con absoluta normalidad, incluyendo los paseos de los pasajeros de clase turista a los baños de la clase ejecutiva, el llanto de la guagua de la primera fila también de turista y las preguntas de «¿Cuánto falta para llegar?».

Solo el cantante pasado de moda quiere degustar cada uno de los vinos —que suman seis— cada uno de los licores —que suman otros seis— y solicita que además se los dé a probar a sus músicos que van «atrás», pero eso, aparte de bajar el stock de vasos limpios en forma considerable, no ocasiona mayores problemas.

—¿Prefiere tomar una taza de té o de café? —le pregunto al 7J.

—Sí —me contesta sin mirar y con los audífonos puestos.

—¿Señor, le gustaría tomar té o café? —le repito, tomándole el brazo.

—Le dije que sí —insiste mirándome la mano despectivamente. Le sirvo café tratando de adivinar, y al dejárselo en la mesa me mira como diciendo: «¿Por qué no adivinaste también que lo quería con leche?»—. Corta-do —recalca.

—¿Le dejo uno a su señora? —pregunto, viendo que ella, que dormía, había dejado todo dispuesto para que se lo sirviera.

—Sí, pero sin leche por favor —lo serví, satisfecha por haber escuchado el primer «por favor» de la noche.

Al llegar al *galley* —la «cocina» del avión—, está mi nunca bien ponderada jefa de área sentada, leyendo una revista de espectáculo. Sin levantar la cabeza emite un *darling* junto a otros sonidos guturales, que interpreto como un nuevo reproche.

Ordeno el *galley* sola, para que ella pueda seguir informándose del jet set nacional, y a las carreras pues debido al retraso en el despegue y a la zona de turbulencia, tuvimos menos tiempo que el acostumbrado para trabajar. Estamos ya a punto de aterrizar.

—Señores pasajeros, en unos minutos estaremos aterrizando en la ciudad de Lima. Por favor regresen a sus asientos, enderecen el respaldo y abrochen su cinturón de seguridad.

El acto reflejo que le sigue a esta frase es el del obediente pasajero que se pone de pie, saca su bolso, busca un «lo que sea» y hace la fila para entrar al baño. Mientras eso acontece, reparto las chaquetas que mis compañeros de trabajo colgaron en el embarque poniendo el *sticker* correspondiente al número de asiento donde cada uno va sentado, y que no pude realizar por haber llegado «atrasada». Murphy regresa al ataque y debido a que el *sticker* jamás quedó en su lugar, debo nuevamente sacar mi bola de cristal y adivinar a quién pertenece cada una.

—Tripulación de cabina, estamos próximos al aterrizaje.

Una pata menos, pienso. Se abren las puertas y pese a que se bajan casi todos los pasajeros en esta escala, pareciera que quienes suben para continuar el vuelo, vienen multiplicados por dos.

Volvemos a empezar. Me tranquiliza pensar que este tramo no puede ser peor que el anterior. No quiero pensar en la ley de mi amigo que dice que si algo puede ser peor, lo será.

La cuenta a bordo que hace la jefa de cabina no coincide con lo que dice el papel. Cuenta también la jefa de turista y detrás de ella lo hago yo. Dos veces cada una y siempre nos falta un pasajero. Después de otra media hora, resulta ser un bebé cuya mamá había decidido «invisibilizar» ubicándolo en el suelo entre muchas frazadas, mochilas y almohadas.

Finalmente, podemos despegar.

Apenas apagan la señal saco mi delantal y se me acerca el deportista famoso que continuaba el viaje hasta Nueva York.

—Ahora me gustaría cenar por favor —dice muy serio.

—En seguida le llevo su comida, pero el servicio que corresponde es un *snack* —le explico.

—¡¿Queeeé?! Qué pasó con mi cena. Todos cenaron menos yo —es notoria la tonalidad rojiza que adquiere su rostro.

—Efectivamente hubo un servicio de cena en el tramo anterior, pero usted dormía y pensé que era mala idea despertarlo. En Lima acaban de subir el servicio de *snack* —insisto en mi explicación.

—Te puedo apostar que tu sueldo no incluye pensar. No sé cómo te la vas a arreglar, pero yo quiero mi cena ahora. Después de eso, me iré a dormir y esta vez, para que no tengas que volver a pensar, te aviso que no quiero ser despertado. ¿Está claro?

Entiendo que de nuevo estoy empezando con el pie izquierdo y mi querida jefa me lo reafirma: —¿Y, *darling*, qué vas a hacer ahora?— Por lo menos lo dice mirándome a los ojos y eso puede ser considerado un avance.

Mi deportista cae en el más profundo sueño antes del servicio y, de acuerdo a sus instrucciones, no lo despierto.

Casi nadie prueba el sandwich del *snack* y como apenas se desordena el *galley* me ofrezco para vender artículos libres de impuesto, con la gran jefa. Después de eso vendrá mi turno de descanso y dos horas sin tener que verle la cara a la *darling*. Suena perfecto. O casi. Ella cambia su turno y descansamos al mismo tiempo. No me habla, por supuesto, pero se pone los audífonos con la música a todo volumen y al dormirse se pone a roncar hasta que le da hipo. Mi descanso, en estricto rigor, no alcanza a ser tal.

Queda poco, me autocompadezco. En vista de los ronquidos, interrumpo mi turno de descanso y me voy al *galley*. Todos los *pax* duermen y frente a tanta calma me dispongo a comer y a leer. Apenas veo las letras de la portada de la revista de espectáculo y una conocida voz me dice: —Podría sentarme en MI asiento para leer MI revista, *darling*.

Exploto. Me levanto bruscamente, le dejo la revista en el asiento y le respondo: —Ahí está TU asiento con la revista DEL avión para que te RELAJES un rato. Y mi nombre es Lorena, no *darling*, ¡*DARLING*! —y desaparezco en dirección a primera clase.

—Señorita, hace media hora estoy llamando y nadie me hace caso —dice un *pax* tomándome del brazo. De inmediato me fijo si la lucecita encima de su cabeza está encendida y le explico que cuando él nos llama, esa luz se enciende —cosa que no ocurre en este caso— y la tripulación sabe quién nos necesita—. Señorita, el asunto es que por más que yo marque, el teléfono pareciera estar descompuesto, no se prende ni una luz y nadie acude a mi llamado.

Por un segundo me quedo pensando y quiero preguntar por el número que habrá marcado.

—Señor, el teléfono sí funciona pero no es precisamente para llamarnos a nosotras.

Me saca una sonrisa y él también se ríe cuando le muestro el funcionamiento del teléfono vía tarjeta de crédito y cuando le indico cómo debe llamarnos. Es el primer momento agradable del vuelo que ya lleva diez horas, y al pasajero incluso se le olvida para qué me necesitaba.

En la cabina aún oscura, todos siguen durmiendo. Falta hora y media para llegar y es momento de dar el desayuno. Le paso una toalla sauna a mi primer *pax* y él intenta comérsela.

—No, señor, es para refrescarse la cara —le digo, y prendo la luz individual.

Sigo en la oscuridad y piso a uno que justo saca su pierna hacia el pasillo. Casi me voy de bruces.

—Disculpe, señor, fue sin querer —continúo y él se queda sobándose y fulminándome con la mirada. *Exagerado*.

A pesar de que solo siete personas avisaron previamente que querían tomar desayuno, y por eso hacemos el cálculo de una hora y media para darlo, Murphy se encarga de despertarlos a todos a última hora y les infunde un hambre feroz. Damos comienzo a una carrera contra el tiempo, entre yogurt y cereal, café clásico y en grano, omelette y panqueques, porque ya hemos empezado el descenso hacia Nueva York.

Otra vez al encenderse el aviso de abrocharse los cinturones y gracias a la teoría de Pavlov, se forma la fila para entrar al baño. Mi reflejo en cambio es similar a haber tomado Ritalin. Hago mis últimos y mejores esfuerzos por llegar.

—Señorita, me equivoqué. ¿Puede entregarme otro formulario? —le entrego uno a él y a unos seis pasajeros más, la documentación de ingreso a los Estados Unidos es cosa seria.

—Señorita, me falta mi vestón —la busco por todo el avión sin resultados.

—Señor, ¿recuerda a quien se lo pasó? —le pregunto—, porque no hay más chaquetas en el closet.

—Ah, verdad que lo guardé en mi portatraje, acá arriba —dice apuntándome el *rack* superior.

—Señorita, ¿dónde puedo mudar a mi guagua? —me cuesta creer que después de todas estas horas de vuelo sea esta la hora adecuada para hacerlo.

—Señora, estamos a punto de aterrizar, tendrá que ser después, aquí —y le indico el baño que tiene mudador.

—Señorita, ¿esa punta que se ve allá es New Jersey?

—Puede ser —miro por la ventana y le contesto encogiéndome de hombros.

—Señorita… señorita… señorita… —cada vez los escucho más lejanos.

—Tripulación de cabina, estamos próximos al aterrizaje —nos anuncia el capitán.

Apenas el avión toca tierra, siento los aplausos de la clase turista y es tal mi felicidad que casi los imito.

—Hasta luego. Hasta luego. Hasta luego —me despido de cada pasajero con una gran sonrisa. —Bájate luego. Bájate luego. Bájate luego —pienso.

El último *pax* en bajarse se detiene frente a mí, me mira a los ojos con ternura, intento alargar más mi sonrisa… y me larga un pisotón con el que quedo viendo estrellas.

—Para que sepas lo que se siente, estúpida —dice con cejas de diablo, y encamina por la manga de salida. Estuvo más de una hora planeando su venganza. Lo veo alejarse impávido, diría que hasta feliz.

Me voy a mi cabina, con una lágrima de impotencia más que de dolor. O de dolor más que de impotencia, ya no importa. Recojo frazadas, almohadas, revistas, menúes, diarios, bolsas plásticas, audífonos, y todo cuanto sea factible de tirar al suelo. Casi por instinto me dirijo al chiquero del *pax* del 6J. Todavía se me hace imposible pensar que una persona que viste en forma civilizada, que habla en forma civilizada, actúe como un hombre de las cavernas.

—*Good morning!* —me dice a la pasada uno de los gringos que se sube a hacer el aseo.

¡*Ja!*, pienso yo mientras, lo más digna posible, le hago un gesto respondiendo a su saludo.

Por fin salgo del avión y enfilo por los pasillos del *John F. Kennedy International Airport*. Casi todas arrastramos los pies, pues mal que mal, nosotras nos hemos venido caminando desde Santiago. Yo avanzo medio cojeando y pensando en que el chichón estaría ya cambiando de verde a morado. Mi querida *darling*, valga la redundancia, casi me viene pisando los talones. Al pasar por mi lado choca su maletín «involuntariamente» con mi pierna haciéndome un forado en la *panty* —*Sorry, darling* —me dice. De que me tiene hasta la coronilla, me tiene, pero debo estar ya demasiado cansada para reaccionar y agarrarla del pelo. Por suerte el abrigo es largo y puedo tapar el forado.

Las maletas de la tripulación han sido sacadas de la correo trasportadora y están ordenaditas, e igualitas, una junto a la otra. Excepto, claro está, la mía, que no aparece por ninguna parte. Espero. Espero y nada. Le pregunto al encargado pero me dice que ya fueron retiradas todas las maletas de ese vuelo. —¿Y mi maleta? —quiero llorar. Quince minutos después me avisan que, por error, fue desembarcada en Lima y que llegará en el vuelo del día siguiente.

En el bus que nos recoge para llevarnos al hotel, las caras son de más de un metro y la rabia que sienten por la espera no los deja entender mis explicaciones —¡Qué culpa tengo yo de que no estuviera mi maleta!

Como siempre, en Manhattan el tránsito está horrible. Bocinazos van, hoyos en la carretera, tacos vienen. Aprovecho de cerrar los ojos y pienso en mi cama. Los abro al recordar que sin maleta, no hay pijama, ni crema para sacarse la pintura, ni hay ¡NADA!

—¿Quién falta con el dólar? —pregunta la jefa que recolecta la propina para el chofer. Y aún cuando la propina que se le entrega es por subir y bajar las maletas, maleta que yo no tengo, abro mi cartera para sacar el dólar de mi aporte. ¡Oh! Sorpresa ¡Oh! Mi viático no está. —Desapareció mi viático —digo, pero todos se hacen los dormidos y muevo la cabeza negando mi propina de esta vez.

Una vez en el hotel, me entregan la tarjeta de acceso a mi pieza y subo sin demora al piso veintisiete. La introduzco en la ranura de la puerta, se prende la luz verde, entro y… está ocupada. Espero eternamente el ascensor para bajar a la recepción otra vez y, debido a la «II Convensión de Fenómenos Ultraparanormales», me informan que tienen un *deficit* de habitaciones y que la única disponible será una en el piso treinta y nueve, pero que estará lista en aproximadamente media hora más porque la *housekeeper* acaba de entrar a limpiar.

—Esperaré —digo con voz de dada por vencida y me siento frente al *front desk*.

Duermo en ese sillón por más de veinte minutos hasta que me avisan que mi habitación está lista. Subo al piso treinta y nueve, introduzco la tarjeta, se prende la luz verde, entro y exclamo: —¡Al Fin! Me desplomo sobre la cama y no sé más del mundo. —Mañana será otro día —digo como Scarlett O'Hara en *Lo que el viento se llevó*, pero a diferencia de ella, yo sí sé lo que me espera el día siguiente: «las doce largas horas del vuelo de regreso».

Lo último que recuerdo es un portazo detrás de mí.